COLLECTION FOLIO

Robert Seethaler

Le tabac Tresniek

Traduit de l'allemand (Autriche)
par Élisabeth Landes

Gallimard

Titre original :

DER TRAFIKANT

Robert Seethaler est né en 1966. Également acteur et scénariste, il vit à Berlin. *Le tabac Tresniek* a remporté dans les pays germanophones un grand succès, et en France un bel accueil critique et public. Robert Seethaler est aussi l'auteur d'*Une vie entière*, roman qui lui a valu le statut de meilleur auteur de l'année décerné par les libraires d'outre-Rhin, et qui confirme la profondeur de son talent d'écrivain, capable de mener avec une grande simplicité son lecteur au plus près de ses émotions.

Pour Leo

Un dimanche de la fin de l'été 1937, s'abattit sur le Salzkammergut un orage d'une violence inhabituelle, qui allait amener dans la petite vie tranquille de Franz Huchel un revirement aussi décisif qu'inattendu. Aux premiers grondements du tonnerre dans le lointain, Franz avait couru se réfugier dans la cabane de pêcheur qu'il occupait avec sa mère à Nussdorf, un village situé au bord de l'Attersee. Tapi dans la chaleur de la couette, il épiait du fond de son lit le vacarme terrifiant des éléments déchaînés. La tempête ébranlait la cabane de toute part. Les poutres gémissaient, les volets claquaient et les bardeaux moussus clapotaient bruyamment sur le toit. Les rafales de vent jetaient une pluie cinglante contre les vitres, devant lesquelles une poignée de géraniums décapités se noyait dans ses bacs. Au-dessus d'une caisse de vieux vêtements, un christ en fer forgé vacillait sur son mur, menaçant d'expédier ses clous et de sauter de la croix, tandis que de la rive toute proche retentissait le fracas des barques de pêche, précipitées contre leurs piquets d'amarrage par la fureur des vagues.

Quand l'orage se fut enfin calmé, un timide rayon de soleil effleura les dalles noires de suie polies par des générations de pêcheurs lourdement bottés et se risqua jusqu'au lit. Franz se pelotonna dans un petit frisson de bien-être, avant de pointer la tête hors des plumes et d'examiner les lieux. La cabane était toujours debout, Jésus toujours sur la croix, et, à travers la vitre constellée de gouttelettes, scintillait, telle une fragile lueur d'espoir, le rouge délicat d'un unique pétale de géranium.

Franz s'extirpa de son duvet pour aller réchauffer dans le coin cuisine un pot de café au lait crémeux. Le bois demeuré sec sous la cuisinière flamba haut et clair, et le garçon fixait depuis un moment la danse pâle des flammes, quand la porte s'ouvrit à toute volée. Sa mère parut dans l'embrasure de la porte basse. Madame Huchel était une femme d'une quarantaine d'années, mince et encore séduisante, bien qu'un peu marquée comme la plupart des gens du coin, usés par le travail dans les mines de sel environnantes, les étables ou les cuisines des auberges pour estivants. Elle restait figée sur le seuil, hors d'haleine, appuyée d'une main au chambranle, la tête légèrement baissée. Son tablier se plaquait contre son corps, ses cheveux tombaient en mèches folles sur son front, et des gouttes d'eau dégringolaient une à une du bout de son nez. Derrière elle, la sombre silhouette du Schafberg se dressait sur un fond de nuages gris que recommençaient à trouer, çà et là, quelques taches bleues. Franz ne put s'empêcher de penser à la sculpture ratée de la vierge en bois, toute de travers, qu'un quidam avait, jadis, clouée sur l'encadrement de la porte de la chapelle locale, et que les intempéries avaient fini par rendre quasi méconnaissable.

« T'as pris la pluie, m'man ? » demanda-t-il en titillant le feu avec une baguette de bois vert. Sa mère leva la tête, et il vit qu'elle pleurait. Les larmes se mêlaient à l'eau de pluie, ses épaules étaient secouées de sanglots.

« Mais qu'est-ce qui s'est passé ? » demanda-t-il, effrayé, en plantant sa baguette dans le feu, qui se mit à fumer. Sans répondre, sa mère se détacha du chambranle, fit quelques pas mal assurés dans sa direction, puis s'immobilisa derechef. Ses yeux errèrent un moment dans la pièce, elle leva les mains dans un geste d'impuissance et se laissa tomber sur les genoux.

Franz avança d'un pas, hésitant, lui posa la main sur la tête et lui caressa gauchement les cheveux.

« Qu'est-ce qui s'est passé ? » répéta-t-il, d'une voix rauque. Il se sentait bizarre et un peu bête, tout à coup. Jusque-là, c'était l'inverse : lui qui pleurait, et elle qui lui caressait les cheveux. La tête de sa mère, sous sa paume, lui semblait maintenant délicate, fragile, il sentait la chaleur de son sang qui pulsait sous le cuir chevelu.

« Il s'est noyé, dit-elle à voix basse.

— Qui ?

— Le Preininger. »

Franz suspendit son geste. Il laissa sa main sur sa tête un petit moment, puis la retira. Sa mère écarta les mèches qui lui barraient le front, enfin elle se releva, saisit un coin de son tablier et s'en essuya le visage.

« Tu vas nous enfumer toute la baraque ! » dit-elle en ôtant du foyer la branche de bois vert. Et elle se mit à attiser la flamme.

Alois Preininger se prétendait l'homme le plus riche du Salzkammergut. Mais, à vrai dire, il venait en troisième. Cela ne lui laissait point de répit et lui avait valu une solide réputation de tête de mule à l'ambition redoutable. Outre quelques hectares de bois et de pâturages, il possédait une scierie et une papeterie, les quatre dernières pêcheries de la région, un nombre inconnu de terrains petits et grands en bordure du lac avec bâtiments attenants, ainsi que deux bacs, un vapeur d'excursion, et la seule et unique automobile dans un rayon de plus de quatre kilomètres, affirmait-il : une magnifique Steyr-Daimler-Puch couleur de champagne rosé, qui coulait des jours tranquilles dans une baraque en tôle rouillée, à l'abri des routes détrempées du Salzkammergut où il pleut du matin au soir.

Alois Preininger était encore très vert, on ne

lui donnait pas ses soixante ans. Il s'aimait sincèrement, ainsi que son pays, la bonne chère, les boissons fortes et les jolies femmes. Encore qu'il eût au chapitre de la beauté un jugement fort subjectif, qu'il convient de relativiser. Car Alois Preininger aimait toutes les femmes. Toutes, il les trouvait belles. Il avait rencontré la mère de Franz des années auparavant à la grande fête du lac. Elle se tenait sous un vieux tilleul dans une robe bleu ciel et arborait des jambes aussi impeccables, lisses et dorées que le bois verni du volant de la Steyr-Daimler-Puch couleur de champagne rosé. Il commanda du poisson grillé bien frais, un pot de cidre nouveau, une bouteille de kirsch, et leurs regards ne tentèrent même pas de s'éviter, tandis qu'ils mangeaient et buvaient de conserve. Un peu plus tard, ils dansèrent la polka, et même ensuite la valse en se chuchotant des douceurs à l'oreille. Ils firent ensuite le tour du lac semé d'étoiles au bras l'un de l'autre, se retrouvèrent sans y penser dans la baraque en tôle, et, en deux temps trois mouvements, au fond de la Steyr-Daimler-Puch. La banquette était spacieuse, le cuir moelleux, les amortisseurs bien huilés, ce fut, tout compte fait, une nuit très réussie. Dès lors, ils se rencontrèrent souvent dans la baraque en tôle pour de brèves collisions passionnées, qui n'entraînaient nulle exigence de part et d'autre. En ce qui concerne madame Huchel toutefois, ces retrouvailles agréablement mouvementées sur la banquette arrière eurent un effet secondaire non moins agréable – sinon même un tout petit peu plus : chaque fin de mois vit désormais atterrir ponctuellement à la Caisse d'épargne de Nussdorf un chèque d'un montant assez substantiel. Cette manne providentielle lui permit de louer l'ancienne cabane de pêcheur au bord du lac, de s'accorder tous les jours un repas chaud, et de prendre deux fois l'an le bus de Bad Ischl, pour aller déguster un chocolat au café Esplanade et s'offrir, au magasin de tissu voisin, les quelques mètres de lin nécessaires à la confection d'une nouvelle robe. Quant à son fils Franz, la générosité dont Alois Preininger faisait preuve en amour lui épargna de trimer à longueur de journée comme les autres gars du pays dans quelque mine de sel ou quelque tas de fumier pour une bouchée de pain. Au lieu de quoi, il eut le loisir de courir les bois tant et plus, de se dorer au soleil sur les pontons du lac et de se prélasser au lit, les jours de mauvais temps, en laissant vagabonder son imagination. Or c'en était fait de cette bonne vie, à présent !

Ce dimanche-là, comme toujours depuis bientôt quarante ans – à l'exception de quelques interruptions calamiteuses dues à la Première Guerre mondiale ou au grand incendie de la scierie –, Alois Preininger avait passé la matinée à la table d'hôte de l'auberge Au Léopold d'or. Il avait absorbé un rôti de chevreuil garni de chou rouge et de quenelles, huit chopes de bière, quatre verres du meilleur schnaps, et avait proféré de sa vibrante voix de basse toutes sortes d'éminents propos sur le maintien des traditions populaires de la Haute-Autriche, la plaie du bolchévisme qui se répandait en Europe comme une traînée de poudre, ces imbéciles de Juifs, ces Français qui l'étaient encore plus, et les possibilités d'expansion quasiment illimitées du tourisme local. Lorsqu'en début d'après-midi il se décida, un peu somnolent, à tituber jusque chez lui par les bords du lac, un calme étrange régnait alentour. Pas un oiseau en vue, pas un bruit d'insecte, même les grosses mouches bleues, qui bourdonnaient tout à l'heure, à l'auberge, autour de sa nuque luisante de sueur, s'étaient volatilisées. Au-dessus du lac, l'air était lourd et le ciel bas, la surface de l'eau n'avait pas une ride. Les roseaux, eux aussi, s'étaient pétrifiés. C'était comme si l'air s'était figé, emprisonnant le paysage dans une immobilité silencieuse. Alois pensait au fromage de tête du Léopold d'or : voilà ce qu'il aurait dû commander, au lieu de ce rôti de chevreuil qui lui pesait si lourdement sur l'estomac malgré le schnaps. De la manche de sa chemise, il s'essuya le front en contemplant l'étendue de velours bleu-noir qui s'étalait devant lui. Puis il se déshabilla.

L'eau était agréablement fraîche. Alois la fendait d'une brasse régulière en soufflant dans ses profondeurs obscures et mystérieuses. Il avait atteint à peu près le milieu du lac, quand les premières gouttes se mirent à tomber, et il n'avait pas refait cinquante mètres qu'il pleuvait des cordes. La surface de l'eau se cribla d'une grêle de grosses gouttes compactes, un rideau de pluie reliait le noir du ciel au noir du lac. Le vent se leva et se mua bientôt en une tempête qui fouettait des vagues blanches d'écume. Un premier éclair plongea le lac dans une lumière d'argent, irréelle. Le tonnerre fut assourdissant. Un vacarme qui semblait disloquer l'univers. Alois éclata de rire, ses bras et ses jambes battirent l'eau follement. Il criait de plaisir. Jamais il ne s'était senti aussi vivant. L'eau bouillait autour de lui, le ciel s'écroulait sur sa tête, mais il vivait ! Il vivait ! Cambrant le buste, il poussa vers les nuages un cri jubilatoire. À ce moment précis, un éclair lui fendit la tête. Un rayon de clarté emplit sa boîte crânienne et, pendant une fraction de seconde, il sentit monter en lui comme un pressentiment d'éternité. Puis son cœur s'arrêta, et, une expression d'étonnement peinte sur le visage, au milieu d'une myriade de petites bulles scintillantes, il coula au fond du lac.

Les obsèques eurent lieu au cimetière de la paroisse de Nussdorf en présence d'une large assistance. Les gens du coin étaient venus nombreux rendre un dernier hommage à Alois Preininger. Surtout les femmes, voilées de noir, dont une quantité impressionnante se trouva rassemblée autour de sa tombe. On pleura beaucoup, on sanglota, et Horst Zeitlmaier, le doyen des contremaîtres de la scierie, posa sur sa poitrine les trois moignons de sa main droite et s'arracha quelques mots d'une voix chevrotante : « Le Preininger était un brave homme, l'a jamais volé ou trompé personne, autant qu'on sache. Et l'aimait son pays comme pas un. L'aimait aussi se baigner dans le lac, depuis tout petit. Dimanche dernier, s'est baigné pour la dernière fois. Il est chez le Bon Dieu maintenant, on lui souhaite de bien se porter. Au nom du Père, du Fils et du Saint Esprit, Amen !

— Amen ! » répondirent les autres en écho. « Avec ça qu'il avait encore drôlement de l'appétit ! » chuchota quelqu'un, et ses voisins d'acquiescer, consternés. Un sanglot étouffé s'échappa d'un voile noir, on échangea encore quelques mots par-ci par-là, puis on se sépara.

Sur le chemin du retour, la mère de Franz releva son voile et cligna ses yeux rougis dans la lumière du soleil. La surface paisible du lac brillait d'une lumière mate. Dans l'eau basse, un héron attendait, immobile, le prochain poisson. Sur la rive opposée, un bac mugit avant de quitter le quai. En arrière-plan, le Schafberg lui composait un décor idyllique, les hirondelles fendaient le ciel limpide.

« Le Preininger est parti, dit-elle en posant la main sur le bras de Franz, et les temps ne vont pas s'améliorant. Il y a quelque chose dans l'air. » Franz leva instinctivement les yeux vers le ciel, mais il n'y avait rien. Sa mère soupira. « Toi, tu as dix-sept ans, maintenant, et tu as gardé des mains de fille. Délicates, douces, blanches. Un gars comme toi ne peut pas aller trimer dans la forêt. Encore moins sur le lac. Et je ne te vois pas non plus travailler pour les estivants. » Ils s'étaient arrêtés, sa main chaude et légère reposait toujours sur le bras de Franz. De l'autre côté, le bac avait largué les amarres et commençait à tanguer sur le lac.

« J'ai un peu réfléchi, Franzl, dit sa mère. On a un vieil ami qui a passé une saison chez nous à s'agiter dans le lac et tout autour, il y a un bail de ça. Il s'appelle Otto Tresniek. Et cet Otto Tresniek a un tabac dans le centre de Vienne. Un vrai tabac avec des journaux, des cigarettes, et tout le tremblement. Ce ne serait déjà pas si mal, mais le mieux, c'est qu'il me doit une faveur.

— Pourquoi donc ? »

Sa mère haussa les épaules et lissa un pli de son voile du bout des doigts. « La saison était chaude, nous, on était jeunes et on avait plein de sottises en tête… »

Sur la rive, le héron tendit brusquement le col, leva deux ou trois fois le bec en l'air, déploya ses ailes et s'envola. Ils suivirent son vol des yeux, jusqu'à ce qu'il plonge et disparaisse derrière une ligne de roseaux.

« Ne va pas te faire des idées, Franzl, c'était bien avant que le Bon Dieu te fasse pousser dans mon ventre, ajouta-t-elle, n'empêche que je lui ai écrit. Au Tresniek, je veux dire. Savoir s'il n'aurait pas un travail pour toi.

— Et alors ? »

En guise de réponse, sa mère passa la main sous sa veste de tricot noir et en tira un papier qui avait l'air officiel. C'était un télégramme aux caractères bleus, soigneusement imprimés : LE PETIT PEUT VENIR STOP MAIS SANS SE FAIRE D'IDÉES STOP MERCI OTTO STOP.

« Et ça veut dire quoi, ça, maintenant ? demanda Franz.

— Ça veut dire que tu te mets demain en route pour Vienne !

— Demain ? Mais... C'est pas possible... » bredouilla-t-il, interdit. La seconde d'après, il encaissait une gifle qu'elle lui avait balancée sans un mot. Le coup le surprit tant qu'il chancela et fit deux pas de côté.

Le lendemain, Franz était dans le premier train pour Vienne. Pour économiser l'argent, ils avaient parcouru à pied, sa mère et lui, les treize kilomètres qui les séparaient de la gare de Timelkam. Le train était à l'heure, les adieux furent brefs, tout était dit, l'affaire était dans le sac. Elle l'embrassa sur le front, il afficha un air bourru, fit un signe de tête et monta dans le train. Tandis que la vieille micheline prenait de la vitesse, Franz, qui avait passé la tête à la vitre, vit sa mère agitant la main sur le quai rapetisser peu à peu, puis s'estomper, petite tache floue dans la clarté du matin ensoleillé. Il se laissa tomber sur son siège, ferma les yeux et poussa un tel soupir que la tête lui tourna légèrement. Il n'avait quitté le Salzkammergut que deux fois dans sa vie : la première, quand ils étaient allés à Linz lui acheter un costume pour son premier jour d'école, la deuxième, pour se rendre avec sa classe à Salzbourg, où ils avaient assisté à un morne concert de cuivres et passé le reste de la journée à errer entre les vieilles pierres. Mais c'étaient des excursions. « Ça, là, c'est quelque chose de différent. De complètement différent ! » dit-il à voix basse, par-devers lui. L'avenir se profilait maintenant dans son esprit comme un lointain rivage aux contours imprécis émergeant de la brume matinale : encore un peu flou, mais riche de beauté et de promesses. Tout était soudain d'une délicieuse légèreté. Comme si, avec la silhouette de sa mère se brouillant au loin sur le quai de Timelkam, il avait laissé une bonne partie du poids de son corps. Assis dans son compartiment, le postérieur voguant au rythme saccadé des roues heurtant les rails, Franz filait vers Vienne quasi en état d'apesanteur, à la vitesse incroyable de près de quatre-vingts kilomètres à l'heure.

Mais quand, au bout d'une heure et demie, le train, sortant des monts des Préalpes, déboucha dans la vaste clarté du paysage vallonné de Basse-Autriche, Franz avait déjà dévoré l'intégralité du casse-croûte maternel, et son corps recouvré tout son poids.

Le voyage, qui se déroula sans événement

notable, fut un peu ennuyeux. Il n'y eut qu'un arrêt imprévu entre Amstetten et Böheimskirchen. Une violente secousse parcourut tout à coup les wagons, qui perdirent rapidement de la vitesse. Les bagages dégringolèrent des filets, un grincement assourdissant retentit, partout des cris, des protestations, puis il y eut une deuxième secousse, encore un peu plus violente que la première – et le train s'arrêta. Le conducteur avait pesé de tout son poids sur le levier de fonte du frein, car, à quelque distance de là, une grande chose sombre avait surgi sur les rails, une sorte d'éminence, en tout cas un objet non identifié. « Encore un coup des socialos ! » rouspéta le contrôleur en remontant les voitures à toute allure, son bloc de billets au vent, pour gagner l'avant du train. « Ou des nazis ! De toute façon, c'est du pareil au même : que de la racaille ! »

L'objet non identifié s'avéra être une vache hors d'âge, qui avait élu domicile sur les voies du tronçon occidental des chemins de fer autrichiens pour y périr de sa belle mort, et dont le cadavre lourd et puant gisait maintenant sur les traverses. Avec l'aide de quelques voyageurs, et sous le regard vigilant de Franz, qui avait croisé ses délicates mains de jeune fille derrière son dos et se tenait à bonne distance, on parvint à enlever le corps et à dégager la voie. Les yeux sombres de l'animal chatoyaient sous un grouillement confus de mouches. Ils rappelaient à Franz ces galets luisants qu'il ramassait si souvent, enfant, sur les rives du lac, et rapportait ensuite à la maison, dans des poches de pantalon pleines à craquer. Une petite déception l'assaillait, chaque fois, quand il retournait ses poches sur le sol de la cabane et que roulaient sur les dalles les cailloux secs et ternes qui avaient perdu leur mystérieux éclat.

Lorsque, avec deux petites heures et demie de retard, le train atteignit enfin la Westbahnhof de Vienne, et qu'en sortant du hall de la gare Franz se retrouva, tout ébloui, dans la lumière crue de midi, son petit accès de mélancolie s'était dissipé depuis longtemps. N'empêche qu'il faillit se trouver mal et dut se rattraper au réverbère le plus proche. Tourner de l'œil comme ça devant tout le monde en arrivant, tu parles d'une honte, se dit-il, furieux. Aussi minable que ces gens de la ville au teint de navet, qui tombent chaque été comme des mouches sur les pelouses du lac à peine arrivés, foudroyés par l'insolation, et que les locaux raniment gaiement à grand renfort de seaux d'eau et de paires de gifles. Il se cramponna de plus belle à son réverbère, ferma les yeux et ne cilla plus, jusqu'à ce que le pavé se stabilise sous ses pieds et que disparaissent les taches rougeâtres qui défilaient lentement dans son champ de vison. Quand il rouvrit les yeux, un bref rire d'effroi lui échappa. C'était impressionnant. La ville bouillonnait comme une cocotte-minute. Tout était perpétuellement en mouvement, les rues, les murs mêmes avaient l'air de vivre, de respirer, d'onduler. C'était comme si on avait pu entendre les pavés gémir et les tuiles grincer. Tout ce bruit ! Un grondement continu saturait l'air, un incroyable chaos de sons, de tonalités, de rythmes qui se relayaient, se fondaient, se recouvraient les uns les autres, des cris, des hurlements. Et en plus, cette lumière ! Partout ça papillotait, ça brillait, clignotait, scintillait : les fenêtres, les miroirs, les réclames, les hampes des drapeaux, les boucles des ceintures, les verres de lunettes. Des voitures passaient en pétaradant. Un camion. Une moto vert libellule. Un deuxième camion. Un tramway tournait au coin de la rue dans un tintement de sonnette aigu. Une porte de magasin s'ouvrait avec fracas, des portières d'auto claquaient. Quelqu'un fredonnait les premières mesures d'une rengaine et s'interrompait au milieu du refrain. Un autre vociférait d'une voix éraillée. Une femme poussait des cris d'orfraie. Oui, se dit Franz, tout étourdi, ça, là, c'est différent. Complètement différent. Et, au même instant, il sentit la puanteur ambiante. On aurait dit que ça fermentait sous le pavé et que sa surface diffusait les exhalaisons les plus variées. Ça empestait les eaux usées, l'urine, le parfum à deux sous, la graisse rance, le caoutchouc brûlé, le gasoil, le crottin de cheval, la fumée de cigarette et le goudron.

« Ça ne va pas, jeune homme ? » Une petite dame s'était postée à côté de Franz et levait vers lui des yeux rouges tout irrités. Malgré la chaleur de midi, elle portait un loden pesant et était affublée d'une toque de fourrure miteuse.

« Mais non, mais non, protesta vivement Franz. C'est juste que c'est très bruyant, c'te ville. Et qu'ça pue un peu. Ça doit venir des canalisations. »

La petite dame pointa vers lui un index aussi sec qu'une baguette de bois mort.

« C'est pas les canalisations qui puent, dit-elle, c'est l'époque. Une époque pourrie, c'est ! Pourrie, foutue, sans foi ni loi. »

De l'autre côté de la rue, une voiture à cheval chargée de hauts tonneaux de bière passait en cahotant. Un des robustes Pinzgauer leva la queue et expulsa un chapelet de crottin, qu'un petit gars chétif, qui trottait exprès derrière la carriole, s'empressa de ramasser à pleines mains et de fourrer dans un sac qu'il portait en bandoulière.

« Tu viens d'loin ? s'enquit la petite dame.

— D'la maison.

— Ça fait loin. Tu ferais mieux d'y retourner vite fait ! »

Un petit vaisseau avait éclaté dans son œil droit, où il s'épanchait en un triangle rosé. De minuscules paquets de poussière de charbon lui collaient aux cils.

« N'importe quoi ! répliqua Franz. On revient pas en arrière, et d'ailleurs, on se fait à tout. »

Il tourna les talons et traversa la Gürtelstrasse qui était très animée, esquivant de justesse un bus qui arrivait en vrombissant et enjambant allègrement une flaque de pisse chevaline, puis il prit la Mariahilferstrasse, en face, comme sa mère le lui avait expliqué. Se retournant une dernière fois, il vit la petite dame toujours plantée à l'entrée de la gare à côté du réverbère, petit nain en loden vert à la tête surdimensionnée, auréolée de fins poils de fourrure qui scintillaient dans la lumière du soleil.

Situé Währingerstrasse, dans le neuvième arrondissement de Vienne, le petit tabac d'Otto Tresniek était coincé entre le magasin de sanitaires Veithammer et la boucherie Rosshuber. Au-dessus de l'entrée était fixée une grande enseigne de fer-blanc :

BUREAU DE TABAC TRESNIEK
JOURNAUX
PAPETERIE
ARTICLES DE TABAC
DEPUIS 1919

Franz lissa ses cheveux avec un peu de salive et boutonna sa chemise jusqu'au cou, ce qui lui semblait pouvoir conférer un peu de sérieux à son apparence, puis il respira un bon coup et pénétra dans le tabac. Quand il passa le seuil, le timbre cristallin d'un carillon retentit au-dessus de sa tête. La vitrine presque entièrement recouverte d'affiches, de billets et de réclames filtrait la lumière avec parcimonie, et ses yeux mirent quelques secondes à s'accoutumer à la pénombre. L'espace, minuscule, de la boutique était bourré jusqu'au plafond de journaux, de revues, de cahiers, de livres, d'articles de papeterie, de paquets de cigarettes, de caisses de cigares et autres menus articles. Derrière un comptoir bas, entre deux hautes piles de journaux, était assis un homme d'un certain âge. Très concentré, la tête penchée sur un classeur, il portait minutieusement des chiffres dans des colonnes et des cases apparemment prévues à cet effet. Un calme sourd régnait dans la pièce, où l'on n'entendait que le crissement de la plume sur le papier. La poussière scintillait dans les quelques rais de lumière, et une odeur pénétrante de tabac, de papier et d'encre d'imprimerie flottait dans l'air.

« 'Jour, Franzl », dit l'homme sans lever les yeux de ses chiffres. Il avait parlé doucement, mais les mots résonnaient dans la pièce exiguë.

« Comment savez-vous que c'est moi ?

— Pardi, tu trimbales la moitié du Salzkammergut sous tes godasses ! » L'homme pointa le bout de sa plume vers les souliers de Franz, au bout desquels s'agglomeraient des paquets de glaise brune.

« Et vous, vous êtes Otto Tresniek.

— Parfaitement. » Otto Tresniek referma son classeur d'un geste las et le rangea dans un tiroir. Puis il s'extirpa de son petit fauteuil, disparut derrière les piles de journaux en sautillant bizarrement, pour en ressortir l'instant d'après, deux béquilles sous les aisselles. Autant qu'on pouvait le distinguer, de sa jambe gauche ne subsistait que la moitié de la cuisse. Sous le moignon, on avait cousu en pointe l'étoffe du pantalon, qui oscillait légèrement à chacun de ses mouvements. Otto Tresniek leva une béquille et désigna d'un mouvement circulaire, presque affectueux, les articles qui emplissaient la boutique.

« Et voici mes compagnons. Mes amis. Ma famille. J'aimerais bien les garder tous pour moi. » Il appuya une des béquilles contre le comptoir et effleura du revers de la main les couvertures brillantes et colorées des revues disposées pêle-mêle sur une étagère. « Mais je les cède quand même, chaque semaine, chaque jour, chaque heure que Dieu fait. De l'ouverture à la fermeture de la boutique. Sais-tu pourquoi ? »

Franz l'ignorait.

« Parce que je suis buraliste. Parce que je veux l'être. Et que je le serai toute ma vie. Tant que je pourrai l'être ! Jusqu'à ce que le Bon Dieu me baisse le rideau sur le nez. Ce n'est pas plus compliqué que ça !

— Ah, ah ! fit Franz.

— Parfaitement, répéta Otto Tresniek, et comment va ta mère ?

— Ben, en fait, comme d'habitude. Elle vous donne le bonjour !

— Merci », dit Otto Tresniek. Sur quoi, il entreprit d'initier son apprenti aux mystères de la vie de buraliste.

Le poste de travail de Franz allait être un petit tabouret, près de la porte d'entrée. C'est là qu'il était censé rester tranquillement assis sans piper mot, à attendre les instructions – tant qu'aucune tâche plus urgente ne le requérait –, tout en s'employant à aiguiser sa cervelle et à élargir son horizon, autrement dit, à lire les journaux. La lecture des journaux constituait, en effet, l'essentiel, le fondement même de l'existence du buraliste ; s'en abstenir revenait à renoncer au statut de buraliste, voire d'être humain, digne de ce nom. Mais qu'on ne s'y trompe pas, lire les journaux ne se résumait pas à feuilleter vaguement un ou deux malheureux quotidiens. La véritable lecture des journaux, la seule qui fût susceptible d'élargir simultanément l'esprit et l'horizon, supposait qu'on lise *tous* les journaux disponibles à la vente (et par conséquent dans le tabac), sinon de la première à la dernière ligne, du moins en grande partie, ce qui comprenait les manchettes, les éditoriaux, l'essentiel des chroniques, des commentaires et des informations contenues dans les rubriques « Politique » (intérieure et extérieure), « Économie », « Sciences », « Sport », « Culture », « Société », « Vie locale », et cetera. De notoriété publique, le commerce des journaux constituait le cœur de l'activité d'un tabac qui se respectait, et le client, l'acheteur de journaux, à moins qu'il ne fût l'un de ces nombreux lecteurs fidèles à telle ou telle feuille pour des raisons d'ordre intellectuel, affectif ou politique, se devait d'être informé, conseillé à bon escient, et même, le cas échéant, orienté avec un doigté qui n'excluait pas la fermeté vers le seul imprimé qui lui correspondît personnellement à ce jour et à cette heure et convînt à son humeur du moment. Franz avait-il bien saisi tout cela maintenant ?

Franz opina du bonnet.

Ensuite, il y avait les articles de tabac. Pour les cigarettes, c'était encore relativement simple. En fin de compte, le premier bouseux qui débarquait du Salzkammergut ou d'on ne sait où pour se fourvoyer dans un tabac était capable de vendre des cigarettes. Les cigarettes étaient au buraliste ce que les petits pains étaient au boulanger. On savait pertinemment qu'on n'achetait pas les pains ou les cigarettes pour leur goût ou pour leur aspect, mais uniquement par faim ou, en l'occurrence, par addiction. On aura donc vite fait le tour de ce qu'il y avait à dire et à retenir sur la vente des pains ou, en l'occurrence, des cigarettes. Il en allait tout autrement, mais alors tout autrement, des cigares ! Ce n'est qu'avec la vente des cigares, en effet, qu'un tabac respectable devenait la fine fleur des tabacs ; seuls l'arôme, le parfum, le goût et le piment d'un assortiment choisi de cigares faisaient d'un banal débit de tabac-journaux un temple de l'esprit et du plaisir. Franz voyait-il maintenant à peu près où il voulait en venir ?

Franz opina et s'assit sur son tabouret.

Le problème, expliqua Otto Tresniek, en jetant un regard désolé vers l'étagère bourrée jusqu'au plafond de boîtes à cigares, le problème majeur du commerce des cigares, c'était – comme pour bien d'autres choses d'ailleurs – la politique. Fondamentalement, la politique bousillait tout et tout un chacun, quel que fût le personnage au fessier hypertrophié qui constituât le gouvernement : feu l'empereur, ce nabot de Dollfuss, son disciple Schuschnigg, ou là-bas, de l'autre côté, ce mégalomane de Hitler. La politique bousillait, gâchait, sabotait, abêtissait et détruisait définitivement tout et tout un chacun. Entre autres, le commerce des cigares. Surtout le commerce des cigares ! De nos jours, il était devenu quasiment impossible de se procurer des cigares ! Les livraisons traînaient en longueur, aléatoires, imprévisibles ; les fluctuations des stocks étaient énormes, avec une tendance inexorable à la baisse, mainte boîte qu'il voyait là sur l'étagère était vide depuis des semaines et des mois, et n'y demeurait plus guère qu'à titre de décoration, navrant témoin d'un passé plus clément !

« C'est comme ça et pas autrement », conclut Otto Tresniek en dévisageant Franz d'un air pensif. Sur ce, il s'empara de ses béquilles, reprit en quelques sautillements sa place derrière le comptoir, exhuma son classeur du tiroir, coinça sa langue entre ses incisives et poursuivit ses griffonnages de comptable.

À partir de ce jour, Franz se présenta chaque matin, pile à six heures, au bureau de tabac d'Otto

Tresniek. Comme en guise de chambre à coucher-séjour-salle de bains lui avait été octroyée la petite remise de l'arrière-boutique, le trajet était agréablement bref. Avec une bonne humeur matinale dont il était le premier surpris, il sautait de sa couche frais et dispos, se glissait dans ses affaires, se brossait les dents au-dessus d'une bassine de fer, passait dix doigts mouillés dans ses cheveux et allait travailler devant, à la boutique. En général, il passait ses matinées sur son petit tabouret à côté de la porte à lire les journaux sans trop d'interruptions. Sous le contrôle d'Otto Tresniek, il se concoctait un petit tas de quotidiens du matin qu'il lisait méthodiquement, les uns après les autres. Au début, ce ne fut pas tâche aisée, et il dut se secouer plus d'une fois pour ne pas choir de lassitude sur le dallage, au beau milieu de sa lecture. À la maison, excepté les *Nouvelles de la commune de Nussdorf* rédigées par l'épouse du maire en personne, qui paraissaient tous les mois, il n'y avait pour ainsi dire jamais eu de vrais journaux. Uniquement les coupures de presse rectifiées par sa mère aux dimensions idoines, qui s'empilaient dans les cabinets rudimentaires, derrière la cabane, à côté du sureau. S'il lui était arrivé de lire un titre ou quelques lignes ou même un demi-paragraphe avant de s'essuyer, il n'en avait pas tiré grand enseignement, il faut bien le dire. À l'époque, la marche du monde lui glissait encore entre les mains et sous les fesses sans accéder à l'âme. Voilà qui, visiblement, commençait à changer. Certes, les premiers jours furent laborieux, mais Franz s'habitua bientôt au style alambiqué des journalistes et aux aspérités de leurs formules récurrentes, et, peu à peu, il parvint à dégager le sens des différents articles. Au bout de quelques semaines, il était à même de lire les journaux assez couramment, sinon de la première à la dernière ligne, du moins grosso modo. Et bien qu'il fût souvent passablement dérouté par les divergences – voire les contradictions radicales – qui séparaient les différents points de vue, la lecture ne lui en procurait pas moins un certain plaisir. De cette forêt de caractères imprimés émergeait, dans un bruit de papier froissé, comme une idée des possibilités du monde.

Parfois, il mettait ses journaux de côté et prenait un cigare dans une des nombreuses boîtes en bois de différentes couleurs. Il le tournait, le retournait, l'examinait dans un rai de lumière qui filtrait de la vitrine, en palpait du bout des doigts l'enveloppe friable de feuilles de tabac, et le passait sous son nez en humant, les yeux fermés. Chaque variété de cigare possédait une odeur singulière, mais tous avaient en commun le parfum d'un monde extérieur au débit de tabac, à la Währingerstrasse, à la ville de Vienne, au pays, et même à tout le continent. Leur odeur évoquait la terre noire et humide, les arbres géants pourrissant sur pied, les hurlements nostalgiques des fauves résonnant dans la pénombre des jungles, et les chants plus nostalgiques encore des esclaves nègres, montant des plantations de tabac vibrantes de chaleur vers le ciel équatorial.

« Un mauvais cigare a un goût de crottin de cheval, soutenait Otto Tresniek, un bon cigare a le goût du tabac. Et un *très* bon cigare, celui du vaste monde ! »

Lui-même, au demeurant, n'était pas fumeur.

Les premières semaines, Franz fit la connaissance de la clientèle. Il y avait pas mal de clients de passage, des gens pressés qui entraient demander un article sans reprendre haleine avant de repartir au pas de course et qu'on revoyait peu ou jamais, mais la plupart étaient des habitués. Depuis que, l'année d'après la guerre, la loi sur l'indemnisation des invalides lui avait attribué le bureau de tabac, Otto Tresniek était devenu une institution à Alsergrund. Dans ce quartier, nul ne l'avait connu jeune homme. Il était apparu un beau jour après avoir descendu la Währingerstrasse propulsé sur ses béquilles, avait fixé la grande enseigne de ferblanc à l'extérieur, le carillon de clochettes à l'intérieur au-dessus de la porte, s'était installé derrière son comptoir, et, depuis, il faisait partie intégrante du paysage au même titre que l'église votive ou le magasin de sanitaires Veithammer.

« Observe les clients. Retiens leurs habitudes et leurs marottes. La mémoire est le capital du buraliste ! » enseignait-il à Franz. Qui faisait de son mieux. Il avait bien eu quelques difficultés à associer telle ou telle personne à telle ou telle demande, mais, de jour en jour, le lien entre les deux gagnait en évidence. Et progressivement commencèrent à émerger de la masse informe des clients des personnes singulières, avec leurs particularités, jusqu'à ce qu'il fût enfin capable de les saluer par leur nom, et même – il y allait là de la survie du commerçant viennois – d'y accoler le titre universitaire ad hoc. On avait ainsi une certaine madame le Dr Dr Heinzl, qui n'avait pourtant jamais vu la couleur d'une université de près ou de loin. Mais la dame avait convolé à deux reprises : en premières noces avec un dentiste juif, ultérieurement avec un juriste d'âge canonique. Les deux messieurs étaient allés retrouver la plupart des Viennois défunts au cimetière central de Vienne, mais leurs titres de docteur, eux, demeuraient, toujours fièrement arborés par la veuve Heinzl. Outre ceux-ci, la veuve exhibait une perruque aux reflets bleutés, s'éventait le visage continûment, hiver comme été, avec une paire de gants de soie couleur saumon, et réclamait chaque jour, d'une voix un peu nasillarde aux accents aristocratiques, un exemplaire de la *Wiener Zeitung* et de la *Reichspost*. Mais la journée commençait en fait avec le conseiller commercial Ruskovetz, employé du Parlement à la retraite. Le conseiller arrivait tous les matins peu après l'ouverture, flanqué de son cabot incontinent, et prenait le *Wiener Journal* et un paquet de cigarettes de la marque Gloriette. Il échangeait parfois avec le buraliste quelques paroles comptées sur la maussaderie du temps ou l'insanité du gouvernement, pendant que le cabot laissait filer sur le sol des gouttes jaunâtres, qu'il revenait ensuite à Franz d'éliminer avec un chiffon humide. Le matin, c'étaient aussi les ouvriers qui entraient en faisant sonner leurs galoches, ils achetaient le *Volksblatt* ou le *Kleine Blatt* et des cigarettes à l'unité, qu'Otto Tresniek péchait dans un bocal en verre et fourrait dans leur main calleuse. Certains sentaient la bière dès potron-minet, et ils charriaient pas mal de boue dans le bureau de tabac avec leurs grosses godasses, mais Franz aimait bien les ouvriers. Avares de mots, le visage émacié, ils étaient un peu comme les frères empoussiérés des hommes qui travaillaient dans sa forêt natale. Vers midi débarquaient les retraités et les étudiants. Les retraités demandaient l'*Österreichische Woche*, les étudiants quelques cigarettes : des Egyptische, avec la *Wiener Zeitung*, du papier à lettres et les dernières feuilles satiriques. En début d'après-midi, le vieux monsieur Löwenstein venait chercher un ou deux paquets de Gloriette. Puis c'était le tour des ménagères. Ces dames embaumaient la poudre à récurer ou la liqueur de kirsch, parlaient beaucoup, posaient moult questions et demandaient ce faisant le *Kleine Frauenblatt* ou toute autre revue dédiée à la femme moderne. Le conseiller juridique Kollerer, qui n'y voyait goutte, passait prendre son Langen Heinrich, un mince et long cigarillo, ainsi qu'un exemplaire du

Bauernbündler, l'organe de la Confédération paysanne, et le « Messager de la forêt viennoise » : le *Wienerwaldboten*. Enfin, de temps à autre, Egon le Rouge faisait irruption dans le tabac. Egon le Rouge était connu dans le quartier pour son alcoolisme chronique et – bien qu'il fût exclu du parti – son attachement à la social-démocratie, qu'il clamait haut et fort en toute occasion. Il avait la silhouette hâve et la mine sombre, mais, derrière son front dégagé, brûlait une flamme qui semblait ne jamais devoir faiblir. À peine entré, il parlait révolution, mutinerie, révolte, évoquant des troubles et des émeutes qui couvaient depuis longtemps quelque part et allaient bientôt causer l'effondrement et la ruine bien mérités d'un monde capitaliste érigé sur les montagnes de cadavres d'une classe ouvrière écrasée, moulue, éreintée. Sur ces entrefaites, il fixait l'étagère d'un œil noir, optait enfin pour un paquet de sans-filtre, payait et sortait. Les écoliers déboulaient dans le tabac en quête de crayons de couleur ou d'images de collection, les vieilles dames voulaient faire causette, et les vieux messieurs qu'on les laisse regarder en paix les photos des couvertures. Quelquefois, un habitué de sexe masculin demandait en s'éclaircissant la gorge à jeter un coup d'œil dans le « tiroir ». Il s'agissait d'un tiroir discret sous le comptoir, qu'Otto Tresniek tenait soigneusement fermé à clé et n'ouvrait qu'à la demande expresse des clients. Il recelait ces « revues galantes » formellement interdites depuis des lustres (« les feuilles à branlette », traduisait le buraliste à l'usage de Franz). Ces messieurs les compulsaient en s'efforçant de prendre l'air détaché et en emportaient parfois un ou deux fascicules, que Franz dérobait aux regards en les enveloppant dans du papier d'emballage marron.

« Un bon buraliste ne se contente pas de vendre du tabac et du papier, énonçait Otto Tresniek en grattant le moignon de sa jambe avec l'extrémité de son porte-plume. Un bon buraliste vend du désir, du plaisir – et parfois du vice ! »

Une carte par semaine, ni plus ni moins, c'était le contrat. « Franzl, lui avait dit sa mère, la veille au soir de son départ, en lui effleurant la joue du dos de l'index, tu m'écriras une carte postale toutes les semaines, parce qu'une mère, ça doit savoir comment se porte son enfant !

— Bon, d'accord, avait dit Franz.

— Mais je veux de vraies cartes postales. Avec de belles photos sur le devant. Je les collerai sur le mur au-dessus du lit, là où il y a la tache d'humidité, comme ça, en les regardant, je pourrai m'imaginer où tu es en ce moment. »

Dans un coin du tabac près de la vitrine se dressait un long présentoir garni d'un assortiment de cartes postales rangées verticalement. Chaque vendredi après-midi, Franz se campait devant et en élisait une. La plupart montraient quelque curiosité viennoise : la cathédrale Saint-Étienne baignant dans la lumière rosée du matin, la Grande Roue sous les étoiles, l'Opéra brillamment éclairé, et cetera. Mais il choisissait presque toujours une carte avec un parc ou des plates-bandes ou au moins des fleurs aux fenêtres des maisons représentées. La verdure et les couleurs pourraient peut-être égayer un peu la solitude maternelle pendant les jours de pluie, se disait-il, et puis, c'est ce qui allait le mieux avec la tache d'humidité. Il écrivait quelques lignes, sa mère écrivait quelques lignes, mais, au fond, ils auraient de beaucoup préféré se parler ou au moins se taire ensemble, en écoutant le bruissement des roseaux. *Mon cher Franzl, comment vas-tu, chère mère, merci, très bien, chez nous tout va bien, chez nous aussi, il y a beaucoup de choses à voir dans la ville, pas à Nussdorf mais ça ne fait rien, le travail me plaît, j'ai dû enlever encore une fois la mousse sur la cabane, je t'aime, ta maman, moi aussi, ton fils Franz.* C'étaient autant de petits appels du pays lancés dans l'inconnu et qui y repartaient, tels de brefs attouchements furtifs et chaleureux. Franz déposait les cartes de sa mère dans le tiroir de sa table de nuit et regardait croître de semaine en semaine sa pile de petits Attersee scintillants. Parfois, dans le silence du soir, juste avant de s'endormir, il entendait glouglouter doucement dans le tiroir. Mais il se faisait peut-être des idées.

Début octobre, les premiers vents d'automne se mirent à balayer des rues la chaleur estivale et les chapeaux des passants. De temps en temps, Franz voyait un couvre-chef voleter devant le tabac, suivi de près par son propriétaire qui le pourchassait en trébuchant. Il commençait à faire frais, Otto Tresniek avait parlé de rallumer le poêle à charbon, et Franz ressortit la veste de laine marron quelque peu informe que sa mère lui avait tricotée des années auparavant à la lueur de l'âtre, pendant les longues heures d'hivers enneigés. En dépit de l'évolution confuse de la situation, et de l'avenir politique non moins confus qui allait de pair, les affaires marchaient bien. « Les gens raffolent de ce Hitler et des mauvaises nouvelles, ce qui revient au même, d'ailleurs, remarquait Otto Tresniek, en tout cas, c'est bon pour le commerce des journaux, et comme les gens fument quoi qu'il arrive... ! »

Par un lundi matin triste et gris, le carillon émit un trémolo hésitant, et un vieux monsieur pénétra dans le tabac. Il n'était pas bien grand, et assez fluet, presque décharné. Quoique leur coupe fût irréprochable, son chapeau et son manteau avaient un peu l'air de sortir d'un autre temps. Sa main droite, couverte d'un treillis de veines bleutées, étreignait le pommeau d'une canne, et il ébaucha de la gauche un salut furtif avant de la replonger dans la poche de son veston. Il était légèrement voûté et tendait un peu le cou. Sa barbe blanche était taillée avec soin, et sous ses petites lunettes rondes, cerclées de noir, brillaient des yeux bruns très mobiles, constamment en éveil. Mais le plus extraordinaire dans l'apparition du vieil homme fut l'effet qu'elle produisit sur Otto Tresniek. Dès son arrivée, en effet, il s'était dressé comme un diable de sa boîte, et il tentait maintenant de se tenir aussi droit que possible sans ses béquilles en s'appuyant d'une main sur le comptoir. Un bref coup d'œil de biais à Franz avait dévissé ce dernier de son tabouret, et leur duo au garde-à-vous constituait maintenant pour le vieux monsieur décharné un comité d'accueil assez guindé.

« Bien le bonjour, monsieur le Professeur, dit Otto Tresniek en se rétablissant discrètement sur sa jambe. Des Virginia, comme d'habitude ? »

Il y avait une chose que son apprentissage avait bien vite inculquée à Franz : de soi-disant professeurs, Vienne en comptait autant que les rives du Danube de petits galets. Dans certains quartiers, même les équarisseurs et les cochers des tavernes se donnaient du « monsieur le Professeur ». Mais, cette fois, c'était différent. La manière dont le buraliste saluait ce monsieur fit instantanément comprendre à Franz qu'il s'agissait là d'un authentique professeur, un vrai, et non l'un de ces imposteurs contraints de brandir leur titre comme une vache alpine sa clochette, pour recueillir les égards qui leur étaient dus.

« Oui, acquiesça le vieux monsieur avec un bref signe de tête en ôtant son chapeau, qu'il posa délicatement sur le comptoir. Une boîte de vingt. Et la *Neue Freie Presse*, je vous prie. »

Il parlait lentement et si bas qu'il était difficile à suivre. Il ouvrait à peine la bouche, comme si chaque mot qu'il parvenait à expulser entre ses dents lui coûtait un effort considérable.

« Mais bien entendu, monsieur le Professeur ! » répondit Otto Tresniek avec un signe de tête à son apprenti. Franz prit sur l'étagère une boîte de vingt Virginia ainsi que le journal, et posa le tout sur le comptoir pour le plier dans du papier d'emballage. Il sentait sur lui le regard du vieillard, qui semblait ne rien perdre de ses gestes.

« Lui, là, c'est notre Franzl ! expliqua Otto Tresniek. Il vient du Salzkammergut et il a encore beaucoup à apprendre. »

Le vieillard tendit un peu plus le cou. Du coin de l'œil, Franz vit les rides de sa nuque se plisser sur le col de sa chemise, fines comme du papier de soie.

« Le Salzkammergut, dit-il avec une étrange distorsion de la bouche, censée probablement exprimer un sourire. Très bien.

— De l'Attersee ! » précisa Franz. Et inexplicablement, pour la première fois de sa vie, il éprouva de la fierté pour ce drôle de trou pluvieux qu'était son pays natal.

« Très bien », répéta le professeur. Puis il posa quelques pièces sur le comptoir, cala le paquet bien ficelé sous son bras et tourna les talons. D'un bond, Franz fut à la porte et la lui ouvrit. Le vieil homme le gratifia d'un signe de tête et sortit dans la rue, où le vent lui ébouriffa aussitôt la barbe. Il a une drôle d'odeur, ce vieux monsieur, songea Franz, il sent le savon, l'oignon, le cigare et, bizarrement, aussi un peu la sciure de bois.

« Mais qui c'était ? » demanda-t-il après avoir refermé la porte. Il dut presque se faire violence pour redresser l'échine et se départir de la posture déférente qui l'avait plié en deux sans qu'il en eût conscience.

« C'était le professeur Sigmund Freud, répondit Otto Tresniek, en s'écroulant dans son fauteuil avec un gémissement.

— Le docteur des fous ? » s'exclama Franz avec une petite frayeur dans la voix. Bien entendu, il avait déjà entendu parler de Sigmund Freud. La réputation du professeur avait entre-temps pénétré les recoins du globe les plus éloignés, y compris le Salzkammergut, où elle avait vivement stimulé l'imagination d'ordinaire plutôt émoussée des autochtones. On parlait de toutes sortes de pulsions inquiétantes, de mots d'esprit vulgaires, de patientes qui hurlaient à la mort et d'impudiques révélations dans des consultations privées.

« En personne, confirma Otto Tresniek. Mais il peut faire encore bien mieux que remettre à l'endroit le crâne des fous qui ont de l'argent.

— Et quoi donc ?

— On dit qu'il est capable d'apprendre aux gens ce que c'est que de vivre correctement. Mais pas à tout le monde, évidemment, uniquement à ceux qui ont les moyens de se payer ses honoraires. Il paraît qu'une heure de consultation dans son cabinet vous coûte le prix d'un bout de jardin ouvrier. Mais on exagère peut-être un peu. En tout cas, il soigne les gens sans les toucher comme les autres docteurs. Encore que, d'une certaine manière, il les touche bien, mais pas avec les mains, voilà.

— Et avec quoi, alors ?

— Qu'est-ce que j'en sais ? » Otto Tresniek commençait à s'impatienter. « Par la pensée ou l'esprit ou d'autres balivernes du même acabit. En tout cas, ça a l'air de marcher, c'est l'essentiel. Bon, et maintenant, va lire tes journaux et laisse-moi en paix. »

Il se pencha à deux doigts d'une pile de papiers qu'il avait sortis du tiroir et commença à tirer des traits à la plume avec une longue règle de bois.

Franz appuya son front contre la vitrine et regarda dehors par une mince fente de lumière. Là-bas devant, le professeur descendait la Währingerstrasse, son paquet sous le bras. Il marchait lentement à petits pas prudents, la tête un peu baissée.

« Finalement, il a l'air très abordable, le professeur ! » observa Franz pensivement. Otto Tresniek soupira et leva les yeux des rangées de petits traits qui l'absorbaient.

« Il a peut-être l'air abordable à première vue, mais si tu veux mon avis, le bonhomme n'est ni commode ni drôle, malgré toute sa science de l'esprit. Sans compter qu'il a un sacré problème.

— Et lequel ?

— C'est un youpin.

— Ah bon, dit Franz, je ne vois pas où est le problème !

— Eh bien, tu ne vas pas tarder à le voir, et plus vite que tu ne crois ! » répliqua Otto Tresniek.

Son regard se fit vague et erra un moment dans le tabac comme s'il cherchait un endroit sûr où se poser. Puis il se reprit et eut un petit sourire songeur. Enfin, il se pencha de nouveau sur sa tâche et tenta d'estomper méticuleusement un peu d'encre qui avait bavé entre les lignes du bout d'une petite éponge.

Franz continuait à regarder dehors. Il ne savait trop que penser de toute cette histoire avec les Juifs. Les journaux en disaient pis que pendre, et les photos ou les caricatures les montraient ridicules ou roués, ou les deux en même temps le plus souvent. Au moins, en ville, il y en avait, se disait Franz, des vrais en chair et en os, avec des noms juifs, des chapeaux juifs et des nez juifs. Chez lui à Nussdorf, on ne voyait pas l'ombre d'un Juif. Mais ça ne les empêchait pas de hanter les esprits, sous les traits de terrifiantes créatures de légende, malfaisantes ou débiles, en tout cas peu recommandables. Le professeur tournait maintenant dans la Berggasse. Un coup de vent s'engouffra dans ses cheveux et les érigea en un petit toupet fragile, qui ondula quelques secondes sur sa tête.

« Le chapeau ! Qu'est-ce qu'il a fait de son chapeau ? » s'écria Franz, affolé. Et son regard tomba sur le comptoir où reposait toujours le couvre-chef gris du professeur. Il sauta sur ses pieds, s'empara du chapeau et se précipita dehors.

« Stop, arrêtez-vous, monsieur, permettez ! » cria-t-il à tue-tête, en passant coudes au corps le coin de la rue pour s'engouffrer dans la Berggasse, où il eut tôt fait de rattraper le professeur et, tout essoufflé, de lui tendre son chapeau. Sigmund Freud examina un instant son couvre-chef quelque peu cabossé, puis se décida à le prendre, sortant en contrepartie un portefeuille de la poche de son veston.

« Non, non, je vous en prie, monsieur le Professeur, c'est bien naturel ! assura Franz avec un geste de refus spectaculaire, dont il réalisa en l'esquissant qu'il était un peu outré.

— Plus rien n'est naturel par les temps qui courent ! » rétorqua Freud, en réprimant d'une pression du pouce sur le rebord du chapeau une bosse qui le déformait. Comme tout à l'heure, il parlait en desserrant à peine les mâchoires, d'une voix basse et oppressée. Et Franz dut pencher la tête vers lui pour saisir exactement tout ce qu'il disait. Pas question de manquer une seule parole de cet homme éminent !

« Puis-je vous aider ? demanda-t-il, et Freud eut beau faire, il ne put reculer assez vite pour empêcher le garçon de s'emparer du paquet et du journal qu'il avait sous le bras, et de les serrer contre sa poitrine avec une farouche détermination.

— Si tu y tiens », marmonna-t-il, avant de coiffer son chapeau et de se remettre en route. En descendant la pente raide de la Berggasse avec le professeur, Franz éprouva d'abord une sensation bizarre au niveau de l'abdomen, une sorte de poids voué peut-être à lui rappeler la solennité du moment. Mais, au bout de quelques pas, cette drôle de boule dans ses entrailles disparut, et quand ils passèrent devant la boulangerie odorante de madame Grindlberger et que, dans la vitrine maculée de farine, il se vit marcher droit comme un I, son paquet sous le bras, chaudement nimbé dans la glorieuse aura que dégageait le professeur, il se sentit soudain tout fier et tout léger.

« Est-ce que je peux vous poser une question, monsieur le Professeur ?

— Tout dépend de la question.

— Est-ce vrai que vous pouvez remettre en place les têtes des gens qui ne tournent pas rond ? Et qu'après vous leur apprenez à vivre correctement ? »

Freud ôta de nouveau son chapeau, cala soigneusement une fine mèche immaculée derrière son oreille, remit son chapeau, et lui jeta un regard en coin.

« C'est ce qu'on raconte au bureau de tabac ou chez toi, dans le Salzkammergut ?

— Sais pas, dit Franz en haussant les épaules.

— Nous ne remettons absolument rien en place. Mais, au moins, nous ne démettons rien non plus, ce qui est loin d'être évident chez les praticiens d'aujourd'hui. Nous sommes en mesure d'expliquer certains troubles et, quand nous sommes particulièrement bien inspirés, nous parvenons même à exercer quelque influence sur ce que nous avons mis en lumière. C'est tout », telles furent les paroles que Freud expulsa entre ses dents, et on aurait dit que chacune d'entre elles lui causait une souffrance. « Et même cela n'est pas complètement certain, ajouta-t-il avec un petit soupir.

— Et comment vous vous y prenez ?

— Les gens s'allongent sur mon divan et parlent.

— Ça a l'air plutôt confortable.

— La vérité est rarement confortable, le contredit Freud, avant d'étouffer un accès de toux dans un mouchoir en tissu bleu marine qu'il avait sorti de la poche de son pantalon.

— Hum, dit Franz, ça, ça demande réflexion. » Il s'arrêta et darda vers le ciel un regard oblique, tâchant de rassembler les pensées qui s'agitaient confusément dans son esprit et de les élever au-dessus des toits de la ville et de ses propres facultés de représentation.

« Alors ? s'enquit le professeur, quand l'eut rejoint cet étrange apprenti buraliste un peu importun. À quelles conclusions es-tu parvenu ?

— À aucune, pour le moment. Mais ça ne fait rien. Je vais y réfléchir, j'y mettrai le temps qu'il faut. Et aussi, je vais acheter vos livres et les lire. Tous. De la première à la dernière page ! »

Freud soupira de plus belle. Il n'avait guère le souvenir d'avoir jamais tant soupiré en si peu de temps.

« Tu n'as rien de mieux à faire que de lire les gros bouquins poussiéreux des vieux messieurs ? demanda-t-il.

— Et quoi, par exemple, monsieur le Professeur ?

— C'est à moi que tu demandes cela ? Tu es jeune. Va prendre l'air. Promène-toi. Amuse-toi. Trouve-toi une fille. »

Franz le fixa, les yeux écarquillés. Un frisson le parcourut de la tête aux pieds. Oui, se dit-il, oui, oui, oui ! Et l'instant d'après, il s'écriait d'une voix tellement aiguë que trois vieilles dames réunies de l'autre côté de la rue pour tailler une bavette tournèrent vers eux, effrayées, leurs têtes savamment mises en plis : « Une fille ! Oui ! Comme si c'était facile... ! »

Enfin, il avait exprimé ce qui lui chamboulait le cœur et la cervelle depuis si longtemps, en fin de compte depuis le jour où ses premiers poils pubiens avaient commencé à poindre.

« Jusqu'à preuve du contraire, la grande majorité des gens y est bien parvenue ! remarqua Freud, en chassant un caillou du trottoir d'un coup de canne bien ajusté.

— Ça ne veut pas dire que je vais y arriver, moi !

— Et pourquoi ferais-tu exception à la règle ?

— Parce que, là d'où je viens, on s'entend

peut-être à exploiter la forêt ou à soutirer de l'argent aux touristes, mais l'amour, on n'y comprend rien de rien !

— Voilà qui n'a rien d'exceptionnel. Personne ne comprend quoi que ce soit à l'amour.

— Même pas vous ?

— Surtout pas moi !

— Alors, comment se fait-il que tout le monde tombe amoureux partout, à tout bout de champ ?

— Jeune homme, dit Freud en marquant un temps d'arrêt, on n'a pas besoin de comprendre l'eau pour y plonger tête la première.

— Ah, ah ! » s'exclama Franz, faute de pouvoir exprimer par des mots l'insondable profondeur de son tourment. Et il répéta : « Ah, ah !

— Quoi qu'il en soit, dit Freud, nous voici arrivés. Puis-je récupérer mes cigares et mon journal, s'il te plaît ?

— Mais bien sûr, monsieur le Professeur », dit Franz, la tête basse, en lui tendant le paquet. La petite plaque au-dessus de la porte d'entrée portait l'inscription : BERGGASSE n° 19. Freud exhuma de sa poche un trousseau de clés, ouvrit et pesa de tout son corps fluet sur le lourd portail de bois.

« Est-ce que je peux vous...

— Non, tu ne peux pas, gronda le professeur en s'insinuant vivement dans l'entrebâillement de la porte.

« Et une dernière chose, ajouta-t-il encore, en glissant de nouveau la tête à l'extérieur, avec les femmes, c'est comme avec les cigares : quand on insiste trop, ils se refusent à vous. Je te souhaite une bonne journée ! » Sur ces mots, il disparut dans la pénombre de l'entrée. Le portail se referma en craquant légèrement, et Franz se retrouva tout seul en plein vent.

(Carte postale représentant le Stadtpark en fleurs au printemps, avec, au premier plan, un fiacre décoré de hampes de lilas.)

Chère mère,

Devine qui j'ai rencontré hier, monsieur le Professeur Sigmund Freud ! Tu savais que c'est un youpin ? Et qu'il habite au coin de la rue, tout près du tabac ? Je l'ai raccompagné et nous avons causé. Très intéressant ! Je crois que nous allons nous voir souvent. Comment vas-tu ? Je vais bien.

Ton fils Franz.

(Carte postale représentant l'Attersee baignant dans la lumière dorée du matin, avec des cygnes.)

Mon cher Franzl,

Ton histoire avec le Professeur Freud, c'est une blague, non ? Si jamais ce n'en était pas une, demande-lui donc à l'occasion si tout ce qu'on raconte est vrai. Ces choses avec les pulsions et tout le reste. Ou plutôt non, il vaut mieux que tu ne lui demandes pas, qui sait l'impression que ça ferait. Je ne savais pas que c'était un youpin. C'est peut-être un problème, il faut voir. Chez nous, il a déjà neigé une fois. Aujourd'hui, je vais aller dans la forêt couper du bois et faire une corbeille de fagots.

Ta maman qui t'aime.

Les paroles du professeur restaient gravées dans l'âme de Franz. En particulier, celles qui concernaient les filles. *Jusqu'à preuve du contraire, la grande majorité des gens y est bien parvenue*, avait-il dit. Contrairement aux sérieux doutes que nourrissait Franz en la matière, voilà qui sonnait plutôt bien, un peu comme une chose inéluctable, sur quoi on pouvait compter. D'ailleurs, en dépit de cette fragilité du grand âge, l'apparition professorale faisait, elle aussi, une impression d'inébranlable solidité. Eh bien, puisque c'est comme ça, se dit-il, il va falloir passer à l'acte !

Et pas plus tard que le samedi suivant, juste avant que le tabac le congédie par un tintement de carillon encourageant, il enfilait son costume du dimanche, se lavait la figure, le cou et les mains avec un morceau de savon acquis à prix d'or pour l'occasion, se passait un paquet de gomina dans les cheveux, et frottait ses aisselles avec les pétales des roses magnifiques qu'il avait empruntées aux massifs soignés de l'église votive lors d'une incursion nocturne. Brillant comme un sou neuf et fleurant bon la rose, il sortit dans la rue, dont le soleil d'automne réchauffait le pavé, et monta dans le tram qui allait au Prater, pour tenter de trouver son bonheur avec une fille à son goût.

La Grande Roue se voyait de loin, mais c'est quand il se retrouva dessous qu'il mesura vraiment les dimensions de l'étonnant monstre d'acier. La Grande Roue n'était pas grande, elle était gigantesque. Les nuages semblaient presque effleurer le haut des piliers métalliques. Les passagers des bennes supérieures ressemblaient à des insectes, leurs bras et leurs écharpes, à de minuscules petites choses s'agitant et voletant dans les airs.

Il commanda une chope de bière à L'Homme de fer. La bière était fraîche et pétillante. Quand il souffla sur son verre, de petits nuages de mousse blancs comme neige s'en envolèrent. Hormis une serveuse d'un certain âge aux yeux tristes et profondément cernés, la salle ne comptait pas une femme. Il régla donc et se dirigea vers le palais des glaces. Il erra un bon bout de temps dans le labyrinthe de verre sans parvenir à trouver l'issue, jusqu'à ce qu'un individu en culottes courtes lui montre enfin le chemin de la sortie. Il s'attarda devant le manège d'aéroplanes et contempla si bien les avions tourner en rond à toute vitesse que ça lui donna un peu le vertige, alors il mit le cap sur La Baleine et s'installa dans le jardin pour commander un Einspänner. Le café était noir comme l'encre et la crème fouettée presque aussi onctueuse qu'au café Esplanade à Bad Ischl. Les grands marronniers bruissaient doucement, le soleil clignait entre leurs branches et les moineaux sautillaient sur le gravier. Les gens attablés là semblaient, eux, avoir trouvé leur bonheur. Rien que des visages aimables et ouverts. De temps à autre, un rire clair fusait du brouhaha de voix qui enveloppait la terrasse, comme recouverte d'une nuée d'oiseaux invisibles. Toute cette gaieté lui fit le cœur un peu lourd et un peu amer. Il paya et alla voir le manège de poneys. Les animaux à la tête imposante trottaient en rond, des enfants sur le dos. Un homme armé d'un gros appareil faisait des photos, qu'il vendait ensuite aux parents. On riait beaucoup, on s'étreignait, on s'embrassait. Les jeunes mères de famille rivalisaient de beauté avec leurs enfants, les jeunes pères se rengorgeaient fièrement en donnant des pourboires. Un des poneys leva la queue en renâclant et laissa tomber quelques boules de crottin dans le sable. Dans ses yeux se reflétait le ciel bleu d'automne et, derrière, une vague idée de liberté, loin des manèges et des postérieurs enfantins. Au stand voisin, Franz s'acheta deux boulettes hongroises à la viande, ruisselantes de graisse, et pour neutraliser l'odeur tenace de l'ail, une énorme barbe à papa rose vif. Il noya l'écœurement qui l'envahit sur-le-champ dans une deuxième chope de bière et marcha vers le train de la grotte aux contes, où il fut le seul adulte à s'introduire tant bien que mal dans une voiturette bleu pastel. Le voyage menait en cahotant à travers un paysage féerique, recouvert d'une épaisse couche de poussière. Ça pullulait de personnages de contes, debout, assis ou errant dans le paysage. Le Petit Chaperon rouge se frayait un chemin dans le bois, le roi-grenouille trônait sur la margelle du puits, le nain Tracassin trépignait autour du feu, et, derrière lui, Raiponce laissait pendre de la fenêtre de sa tour sa longue chevelure de chanvre. Franz se mit à penser à la maison. Autrefois, sa mère lui avait lu toutes ces histoires dans un vieux livre usé. Il était si petit alors qu'il pouvait se nicher dans son giron pour l'écouter, et ses paroles tombaient sur lui comme autant de gouttes douces et chaudes. Quand il s'approcha à lents tressautements de Cendrillon, les larmes lui montèrent aux yeux, et quand il contourna la maison de pain d'épice de Hansel et Gretel, il sanglotait dans ses mains déployées. Des vagues brûlantes le submergeaient l'une après l'autre et le secouaient de la tête aux pieds. Il pensait à la cabane, au coin de l'âtre, au lac, à sa mère, et devant le voile dense de ses larmes défilait le fleuve flou et bigarré du paysage de contes de fées.

Quand le jeune employé du manège qui attendait nonchalamment appuyé à la sortie vit Franz émerger en cahotant de la grotte obscure dans la clarté du soleil, recroquevillé, le visage baigné de larmes, il ôta de sa bouche d'un geste imposant sa cigarette roulée et mobilisa toute ses réserves de compassion : « La vie n'est pas un conte de fées, mon pote ! Mais, de toute façon, un jour ou l'autre, tout ça, c'est fini ! »

Une fois dehors, Franz se frotta le visage de sa manche à plusieurs reprises et se moucha dans un mouchoir dont il s'était muni, en réalité, à seule fin d'essuyer la chaise ou le front brûlant ou Dieu sait quoi de quelque fille susceptible de faire son apparition. Il passa lentement devant les manèges, les stands de tir et de victuailles, les autos tamponneuses, le Watschenmann*, la grosse Berta, la Grande Roue et le train fantôme. Il sentit une ultime vaguelette de tristesse clapoter vaguement au tréfonds de lui, puis plus rien.

Mais au moment où, fermement décidé à noyer le reste de l'après-midi dans des quantités de bière ou autres breuvages, il s'apprêtait à entrer dans le jardin ombragé du Buveur tranquille, une vague d'une autre nature, autrement plus grosse, joyeuse et puissante, le submergea et le secoua de la tête aux pieds : devant lui, à une dizaine de mètres environ, s'élevait un visage de jeune fille riant, rond et clair, auréolé d'une couronne de cheveux blonds comme les blés. De tous les visages que Franz avait pu voir dans sa vie – y compris toutes les figures aux couleurs pimpantes des magazines du fonds d'Otto Tresniek –, celui-ci était indéniablement le plus beau. Et là-haut, à une altitude vertigineuse, ce visage resta suspendu un instant, petite tache rose dans le bleu immense du ciel,

* Le Watschenmann : sorte de mannequin-tête à claques de taille humaine à la figure bouffie, auquel les visiteurs soucieux de démontrer leur force donnent des gifles dont la vigueur s'affiche à la vue de l'assistance sur une échelle de mesures. (*Toutes les notes sont de la traductrice.*)

poussa un cri de plaisir aigu, puis tomba brutalement dans un envol de cheveux, pour remonter la seconde d'après. Et, à cette seconde, Franz réalisa qu'il se trouvait devant une balançoire, une gigantesque balançoire dont les nacelles montaient et descendaient comme des bateaux par forte houle. Sur une pancarte de bois au-dessus de l'entrée s'étalait une inscription peinte en grosses lettres : LE FAMEUX BATEAU-TEMPÊTE : UN PLAISIR POUR PETITS ET GRANDS. ON S'AMUSE ! ON RIT ! MONTEZ À BORD ! Franz décida de ne plus bouger. Figé sur place, les yeux rivés sur ce visage de jeune fille qui s'élevait et chutait à toute vitesse, il attendit que les nacelles du bateau se stabilisent après quelques oscillations et que les passagers en sortent hilares en titubant et en piaillant. Quand la jeune fille se dirigea enfin vers lui, escortée de deux amies (ombres insignifiantes sans visage et sans forme à ses yeux), il se força à émerger de son immobilité délibérée, serra les poings dans les poches de son pantalon et lui barra le passage avec une détermination mystérieusement surgie des profondeurs de son être, qui dotait, lui sembla-t-il, ses paroles d'une irrécusable fermeté : « Bonjour, je m'appelle Franz Huchel, je suis originaire du Salzkammergut et j'aimerais faire un tour de Grande Roue avec vous ! »

Curieusement, la fille n'éclata pas de rire à l'instar de ses compagnes, mais l'examina un moment comme on examine au zoo un animal menacé d'extinction, puis elle planta ses yeux dans le regard flottant de Franz, dont la détermination n'avait pas fait long feu, et déclara : « La Grande Roue, non, le stand de tir, *s'teuplaît* ! »

Pour être exact, elle ne prononçait pas *s'teuplaît*, mais *s'téplaît*. C'était cette incapacité à prononcer le son *eu*, caractéristique des nombreux natifs de Bohême installés à Vienne. Elle est de Bohême, donc, se dit Franz, sans bien voir en quoi cette constatation pouvait être utile à son affaire, et il lui offrit son bras sans mot dire pour la mener au grand stand de tir. Par chance, ses deux compagnes s'éclipsèrent aussitôt pour aller se pendre aux larges épaules jonchées d'impressionnantes décorations bariolées de deux officiers de l'armée fédérale assez imbibés de bière.

À la baraque de tir, un homme au regard glauque et au crâne à moitié chauve couvert de cicatrices expliquait les règles : on avait le choix entre des cibles, des ballons ou des têtes de Turcs multicolores. Quand on atteignait un Turc au visage, on obtenait des points supplémentaires, quand on le touchait à un endroit bien précis du front, son turban tombait avec un bruit sec et on avait une partie gratuite. On pouvait aussi gagner des sucres d'orge, des roses en papier et de vrais bouquets de lavande. Du coin de l'œil, Franz vit la jeune fille de Bohême se pencher, mettre le fusil en joue et crisper le doigt sur la détente. Elle avait le doigt court, rose et rond. D'une manière générale, tout en elle était rond : les petites oreilles, le nez, le front bombé, les sourcils arqués et les grands yeux bruns. Ses yeux fixaient calmement le centre noir de la cible. Il aurait voulu s'immerger dans ce regard, se noyer dans ces yeux, piquer une tête dans la félicité. Il pensa au tonneau d'eau de pluie chez lui, à l'entrée de la cabane. L'eau n'y était pas comme celle du lac. Elle était brunâtre, trouble, et elle avait une drôle d'odeur. Poussé par la curiosité, et parce qu'il faisait si chaud en plein mois d'août à la fin des vacances, un jour, le petit Franz n'avait pas pu résister. D'une chiquenaude, il avait chassé l'un après l'autre les faucheux aux pattes graciles qui flottaient à la surface de l'eau, pris trois profondes inspirations, puis plongé la tête et la moitié du buste dans le tonneau. À l'intérieur, il faisait agréablement frais. De minuscules particules semblables à des flocons de neige noire flottaient dans l'eau, et le fond était recouvert d'une épaisse couche de feuillage à moitié décomposé. Il avait tendu les bras et ses doigts avaient fouillé la masse de feuilles. C'était horrible. Froid, gluant, et pourtant bien ! Le bout de ses doigts avait heurté quelque chose de doux, dodu et velu, et un petit frisson l'avait parcouru. Derrière le voile dense des particules noires avait surgi le cadavre d'un rat. Cela ne devait pas faire longtemps qu'il avait glissé dans le tonneau, et la force lui avait manqué pour regrimper les parois moussues. Il gisait sur le flanc, le corps était presque intact, sauf à l'emplacement de l'œil gauche où béait un gros trou noir. Franz s'était mis à crier, et le rat avait disparu derrière les grosses bulles de son souffle. Le garçon s'était extirpé du tonneau et avait pris ses jambes à son cou. Toujours en hurlant, il avait contourné la maison, traversé le pré et atteint la rive du lac, où sa mère suspendait de grandes pièces de linge sur un fil tendu entre deux bouleaux. Il s'était glissé sous ses jupes, avait étreint ses genoux et s'était juré de finir là ses jours, ou au moins le reste des grandes vacances, à l'abri des sveltes cuisses maternelles.

« Plopp », entendit-il, quand elle appuya sur la détente et que le coup fit mouche. Elle sautilla de joie sur la pointe des pieds en gloussant de plaisir, mais remit de suite le fusil en joue. Franz sentit sa bouche s'assécher et tenta de déglutir. Il avait aperçu la pointe de sa langue entre ses incisives : petit animal rose qui se risquait dehors, humectait la lèvre supérieure et regagnait vite son refuge, pour revenir aussitôt tâter une rangée de dents brillantes comme un collier de perles, dont l'unité était rompue par un petit interstice. Jamais il n'aurait cru pouvoir être ainsi bouleversé par une paire de dents du bonheur originaire de Bohême ! Les humeurs bouillonnaient dans son corps avec tant d'impétuosité que Franz craignit de perdre contenance et de s'effondrer à ses pieds tel un sac vide. « Plopp », entendit-il derechef, et un Turc y laissa son turban. « Boum, mort ! » s'écria la fille, et Franz, éperdu, vit sa lèvre supérieure se gonfler en saillant un peu. D'une légère pression de la hanche, elle l'incita à mettre son fusil en joue. Il obtempéra, mais ses mains tremblaient, et, par-dessus le marché, une érection douloureuse, qu'il tentait de dissimuler en écrasant son bassin contre les planches de la baraque de tir, lui donnait du fil à retordre. Un nouveau « plopp » salua également son coup, mais il manqua la cible. La fille rit, le type du stand aussi, et c'était sûr, les têtes des Turcs ne découvraient leurs dents en or que pour se gausser de lui ! Bien que le soleil eût maintenant disparu derrière les toits des manèges, Franz suait à grosses gouttes. Une petite rigole lui coulait le long du dos et inondait la ceinture de son slip. Il ferma un œil et appuya derechef sur la détente. « Plopp ». Raté. Il aurait voulu détaler, se terrer dans sa chambre de l'arrière-boutique, dans son lit à la maison sur le lac, ou simplement dans le train de la grotte et passer le reste du jour à tourner en rond tout seul dans la poussière grise du paysage de contes. C'est alors qu'il sentit la main de la fille sur ses fesses. Elle avait posé le fusil et lui souriait. « T'sais pas tirer, mais t'as un beau p'tit cul ! » dit-elle, et à ce moment-là il comprit qu'il était perdu.

Ils allèrent à la Schweizer Haus, la « Maison suisse », où un orchestre jouait dans le vaste jardin et des lampions colorés brillaient au faîte des arbres. Ils commandèrent deux Budweiser pression à un serveur moustachu et deux galettes de pomme de terre craquantes, dont la graisse très chaude perlait et gouttait sur la nappe quand on mordait dedans. La jeune fille discutait en tchèque avec le serveur, et tout en écoutant la mélodie étrangement basse de cette langue, Franz contemplait, perdu dans son rêve, le renflement de sa lèvre supérieure. Elle riait, le moustachu riait, et avant que Franz pût envoyer ce dernier leur chercher deux autres chopes, elle se penchait vers lui au-dessus de la table, lui posait la main sur la joue et lui plantait un baiser au milieu du front. « Maintenant, danser ! » s'exclama-t-elle, et la tête de Franz s'illumina comme les lampions du marronnier qui se dressait au-dessus de lui.

Ils fendirent bras dessus bras dessous les rangées de tables pour gagner la piste de danse, et lorsque les planches se mirent à vibrer en mesure sous leurs pieds, elle se tourna vers lui, posa une main sur son épaule, passa l'autre autour de sa taille et commença à se balancer au rythme de la musique. Franz ne savait pas danser, et Franz n'aimait pas danser. Au pays, il avait toujours refusé de tourner en rond avec ces jeunes paysannes dodues dont les poitrines opulentes menaçaient de faire céder les traditionnels Dirndl et dont les bouilles luisantes affichaient des sourires encourageants. Il avait aussi toujours soigneusement évité les *Frühschoppen* du Léopold d'or, ces incontournables apéros des dimanches matin, et même l'été, à la fête du lac, il restait assis à l'écart, immobile et silencieux, plongé dans ses pensées qui s'envolaient à des lieues de l'étendue lacustre. Et voici qu'à présent il dansait.

Au début, ses mouvements furent un peu raides, un peu gauches, puis il se détendit, s'assouplit, prit de l'aisance, et, succombant finalement à la félicité du moment, il baissa la garde et se laissa entraîner, porter, bercer, bringuebaler dans les bras de cette princesse de Bohême toute en rondeur. Il sentit la main de la jeune fille se promener lentement le long de sa hanche et atterrir de nouveau sur ses fesses. Il fixait ses yeux, son sourire, fixait le léger renflement de sa lèvre supérieure, fixait le petit intervalle entre ses incisives. Et quand il sentit ses seins contre son ventre, il déclara forfait et renonça à dissimuler plus longuement son érection, qui, entre-temps, avait pris des dimensions monstrueuses.

Ils dansèrent à en avoir les pieds en feu. Les chansons étaient déchirantes, sirupeuses à l'envi : *Tu seras ma bonne étoile, Merci mon ami**, *Je rêverai de vous chaque nuit, Paris, tu es la plus belle ville du monde, Mon cœur crie uniquement vers toi, Oh Marita !* et cetera. Au bout de la dixième environ, les musiciens s'accordèrent une petite pause-bière et délaissèrent la scène pour le comptoir. La fille était toujours collée au corps brûlant de Franz, et, soudain, il sentit ses lèvres à son oreille. « Avons picolé, avons dansé, et faire quoi, maintenant ? » chuchota-t-elle, et Franz savait pertinemment qu'il souriait comme un ravi de crèche de toute sa face cramoisie. « Il me reste deux shil-

* En français dans le texte.

lings et demi, fit-il d'une voix un peu enrouée. Ça nous fait quatre bières ou quelques parties de tir ou un double tour à la Grande Roue ! »

La fille recula d'un pas et le dévisagea. Son regard, incrédule, trahissait la stupéfaction. Franz crut voir se figer ses yeux d'un brun chaud. Comme de l'ambre, se dit-il en pensant à ces deux gouttes d'ambre qu'il avait vues au cour préparatoire dans une exposition d'arts populaires à Bad Ischl, juste plus sombres, plus grands, et sans insecte à l'intérieur. Mais, la seconde d'après, ses yeux avaient recouvré leur éclat, les traits de son visage se détendaient, et elle éclatait de rire. D'un rire bref et clair, aussi aigu que le cri d'allégresse qu'elle avait poussé tout en haut du bateau-tempête. Elle lui passa les bras autour du cou et lui plaqua une bise sonore sur la joue. « J'réviens tout d'suite, p'tit gars », dit-elle, puis elle tourna les talons et s'éloigna. Fasciné, Franz contempla sa croupe voguer à la cadence de ses pas comme tout à l'heure au rythme de *Merci mon ami*. Cela lui rappelait le léger tangage des petits bateaux de pêche. Et il la vit disparaître dans la cabane qui abritait les toilettes. Il regagna leur table, s'assit et commanda deux autres chopes.

Il s'écoula à peu près une demi-heure avant qu'il saisisse vraiment qu'elle était partie sans lui. Elle était peut-être sortie par le jardin, masquée par le grouillement continu du flux des clients qui arrivaient ou qui partaient, ou elle s'était tout simplement éclipsée par l'entrée de derrière à côté des cuisines. Quoi qu'il en fût, elle était introuvable. Il avait inspecté les rangées de tables à plusieurs reprises, interrogé les serveurs à tour de rôle, il l'avait cherchée à l'intérieur, dans les salles vides, et il avait même fait irruption dans les toilettes des dames, au grand dam des usagères qui s'étaient répandues en cris indignés. La jeune fille de Bohême avait bel et bien disparu.

Il siffla leurs bières, qui étaient tièdes maintenant, demanda l'addition d'une voix pâteuse et quitta le jardin où la musique avait repris depuis longtemps et où les couples ondulaient, étroitement enlacés, au son de *Qu'est-ce qui cogne si doucement là dans ta poitrine ?*. La tête basse, les mains rageusement enfouies dans les poches de son pantalon, il se mêla au flot déjà moins dense des visiteurs du Prater et ne releva les yeux que lorsqu'il se trouva sous la Grande Roue. Avec les quelques pièces qui lui restaient, il acheta un billet et fut le seul passager à monter dans la dernière benne pour le dernier tour de la soirée. Quand la cabine s'ébranla avec un bruit sourd et qu'elle se mit à monter lentement, la ville se déploya sous lui, piquée de taches de lumière. Tout en bas, le grouillement du Prater. Ici, la cathédrale Saint-Étienne. Puis, l'église votive. Et très loin derrière, la silhouette sombre du Kahlenberg qui se détachait dans le ciel nocturne. Franz appuya sa joue contre le bois usé du cadre d'une fenêtre et ferma les yeux. Quand la benne eut atteint le point culminant, la roue s'arrêta un instant, et il sentit le sol osciller légèrement sous ses pieds, entendit le vent siffler dehors, alors il serra le poing, prit son élan et cogna si violemment contre les planches de la paroi que les deux pigeons qui s'étaient installés sur le toit pour passer tranquillement la nuit s'envolèrent, effrayés, et se fondirent dans l'immensité nocturne.

Le matin, un raffut inhabituel réveilla Franz dans sa chambrette. Dehors la porte s'ouvrait et claquait dans une débauche de tintements de carillon et retentissaient des cris de fureur. Franz reconnut la voix courroucée d'Otto Tresniek, interrompue par la basse rauque du boucher Rosshuber et couverte de temps à autre par les huées d'un petit chœur de passants. Aussi rapidement que son état lamentable le lui permettait, il sortit de son lit et enfila ses vêtements. Sa tête lui faisait mal, et les jointures de sa main droite étaient douloureusement enflées. Dans la glace le fixait le souvenir blafard aux joues creuses de la soirée de la veille. Il s'ébroua dans sa bassine, se gargarisa à l'eau savonneuse, s'essuya le visage et sortit. Autour du tabac s'était formé un petit attroupement, au milieu duquel Otto Tresniek et le boucher se faisaient face, tels deux lutteurs de foire en train de se mesurer.

« Ah, te voilà déjà, toi, tu as réussi à sortir du lit ? l'apostropha le buraliste en l'apercevant.

— Mais qu'est-ce qui se passe ? bredouilla Franz.

— Ben, t'as qu'à ouvrir les yeux ! » Le visage d'Otto Tresniek était rouge brique, et sur ses tempes sinuaient de petits vaisseaux proéminents, semblables à des vermisseaux bleutés. Tremblant de fureur, il désigna le tabac d'une de ses cannes. Le trottoir et la façade du magasin étaient barbouillés d'un liquide rouge-brun. Visiblement quelqu'un y avait déversé de pleins pots de peinture ou de saleté. Sur la vitrine s'étalait en grandes lettres baveuses : FOUS LE CAMP, L'AMI DES JUIFS ! Et sur le mur, à côté de la porte d'entrée, s'épanouissait une forme ronde hâtivement dessinée aux contours hésitants, mais qui n'en figurait pas moins clairement un énorme cul en forme de visage humain, doté de traits rudimentaires, un « cul à oreilles », symbole local du connard intégral.

Franz fit un pas vers la vitrine et effleura d'un doigt prudent le « J » de JUIFS. Le barbouillage avait manifestement été appliqué grossièrement au pinceau, la consistance était répugnante – sèche et encroûtée sur les bords, encore un peu gluante et humide aux endroits plus épais. En outre, il dégageait une odeur atroce : rance, fétide et aussi un peu aigre.

« Qu'est-ce que c'est que ça ? demanda Franz à voix basse.

— Du sang, hurla Otto Tresniek. Du sang de porc ! Barbouillé sur nos murs par notre charmant voisin Rosshuber en personne !

— Ce qui reste encore à prouver, observa calmement le maître boucher. D'ailleurs, c'est pas du sang de porc, c'est du sang de poulet. Ça se voit à l'œil nu !

— Ou de poulet, pour ce que j'en ai à faire ! explosa Otto Tresniek. Et qui est-ce qui triture ces bestioles à longueur de journée ? Et qui est-ce qui est assez demeuré pour aller peinturlurer son propre portrait à côté de ma porte ? Et qui est-ce qui porte depuis des lunes la croix gammée sous le revers en attendant l'occasion de l'exhiber au grand jour ?

— Ce qu'il y a sous mon revers, ça te regarde foutrement pas, riposta Rosshuber en croisant ses énormes bras sur sa poitrine. Et le portrait, là où il est, il a bien touché dans le mille !

— Et tes mains ? hurla Otto Tresniek.

— Qu'est-ce qu'elles ont, mes mains ?

— Elles sont encore pleines de sang !

— Et de quoi tu veux qu'elles soient pleines ? Je suis boucher, non mais, quoi ! »

Otto Tresniek déglutit. Il fit mine de laisser tomber ses cannes et de vouloir sauter à la gorge du boucher. Mais, soudain, il se tourna vers l'assistance qui avait serré les rangs autour des deux protagonistes et constituait maintenant un rassemblement assez important.

« Cet individu, qui se prétend boucher, attaqua-t-il, et qu'on qualifiera plutôt de vulgaire trafiquant de saucisses, parce qu'il y fourre de la graisse rance et de la sciure, cet individu qui trafique ses saucisses donc, cet individu a du sang sur les mains. Qui plus est, il a de la merde dans le crâne et de la noirceur dans le cœur. Et il suffit de regarder un peu autour de soi pour voir qu'il n'est pas le seul. Aujourd'hui, c'est un porc qui y a laissé sa peau. Ou une poignée de poulets, s'il y tient. Aujourd'hui, c'est le commerce d'un buraliste qui a été souillé. Et maintenant, je vous le demande : demain, à votre avis, ce sera le tour de qui ? »

Personne ne moufta, quelques personnes grimacèrent un sourire, d'autres secouèrent la tête, quelqu'un s'en alla, d'autres arrivèrent et se pressèrent dans le cercle des badauds.

« Un type a du sang sur les mains, et les autres se contentent de zieuter sans piper mot. C'est toujours comme ça ! poursuivit Otto Tresniek, tandis que Rosshuber restait planté là avec un sourire de faux jeton. C'est toujours comme ça, ça l'a toujours été et ça le sera toujours, ça doit être écrit quelque part et c'est gravé dans les crânes immensément stupides de l'espèce humaine. Mais pas encore dans le mien, c'est bien là le hic, messieurs-dames ! Mon crâne à moi va encore bien comme il veut. Je ne mange pas de ce pain-là. Je ne m'accroche pas la croix gammée sous le revers, je ne trafique pas mes saucisses, je ne fais pas le trottoir dans le noir pour barbouiller des culs à oreilles sur des maisons qui ne m'ont rien fait. Je ne la boucle pas et je n'ai pas de sang sur les mains, tout au plus de l'encre d'imprimerie ! »

Soudain, la force sembla lui manquer. Sa tête s'affaissa entre ses épaules, et il se mit à fixer le pavé. Il y eut quelques secondes de silence devant le tabac. Seules les poignées des béquilles sur lesquelles se crispaient les doigts d'Otto Tresniek couinèrent doucement. Enfin il se secoua. Avec un long soupir étiré, il se redressa, se tourna vers le boucher et lui cracha au visage le mot de la fin et quelques postillons : « Et encore une chose, Rosshuber, en 1917, j'ai laissé une jambe pour la patrie dans un trou d'obus plein de boue. Il m'est resté celle-ci. Elle est vieille, pas mal raide au niveau de la hanche, et elle se sent parfois un peu seulette, mais, pour un bon coup de pied au cul si y a besoin, elle fera encore très bien l'affaire ! »

Sur quoi il laissa le boucher et le reste de l'assistance en plan et s'engouffra dans le tabac en deux coups de cannes énergiques. Derrière lui la porte claqua si violemment que les vitres cliquetèrent et que le tintement du carillon se mua en un fortissimo véhément.

Dans les semaines qui suivirent ces événements, Franz était allé régulièrement au Prater se mettre en quête de la jeune fille. Pendant des heures et des heures, il avait parcouru rues et ruelles, fait le pied de grue dans les brasseries et traîné autour du bateau-tempête, espérant toujours voir surgir quelque part le visage aux cheveux blonds comme les blés. En vain. Pour tout arranger, le temps avait commencé à se gâter. Cette année-là, l'hiver avait fait irruption plus tôt que prévu, au crachin glacé se mêlaient déjà les premiers flocons, et les manèges se couvrirent bientôt d'une épaisse couche de neige. Les uns après les autres, ils durent suspendre leur activité. Seules quelques baraques, les brasseries et le manège de poneys défiaient encore le froid et la neige. Franz grelottait devant la piste circulaire et enviait les petits chevaux qui s'étaient dotés d'une épaisse robe hivernale et piétinaient en rond le sable froid sans soucis d'amour ou autres égarements.

La nuit, il restait souvent éveillé pendant des heures et pensait à la petite paire de dents du bonheur originaire de Bohême, tournant et se retournant fiévreusement dans son lit. Lorsqu'il finissait par trouver ce sommeil tant attendu, il était assailli de rêves insensés : du sang de porc s'écoulait du plafond dans un récipient rond qui s'avérait être son crâne, le lit s'élevait en tanguant toujours plus haut, il retrouvait le cri d'allégresse clair et radieux, et, passant un gigantesque interstice noir dans une voiturette bleue, il plongeait dans l'éternelle obscurité de la grotte. Sa mère apparaissait et caressait du revers de la main la jambe d'Otto Tresniek, ce qui faisait rire Sigmund Freud de si bon cœur qu'il en perdait son chapeau, déployait ses ailes et s'en allait poursuivre le soleil couchant au-dessus des flèches de l'église votive.

Quand cela devenait trop pénible, Franz se faufilait dehors par la petite porte de l'arrière-cour et errait sans but à travers les rues, jusqu'à ce que les sabots des voitures de laitiers claquent sur le pavé et que l'aube hivernale grisonne au-dessus des toits couverts de givre. Ces heures de marche nocturne dans les rues silencieuses l'apaisaient, il entendait la neige crisser sous ses pas et contemplait le fanion léger de son haleine froide voleter devant sa figure. Dans la lumière diffuse de l'aube, quand les allumeurs de réverbères montaient sur leur échelle pour éteindre les lanternes à gaz, et que les premiers ouvriers aux visages gris allaient rejoindre l'équipe du matin, il se mouvait dans un état de plus en plus ouateux, à mi-chemin entre la veille et le rêve. Et quand il revenait à pas lents se glisser dans le tabac, épuisé, il voyait la fille de Bohême à tous les coins de rue. Sous un réverbère. Derrière une haie. Sous un porche, le visage éclairé par la lueur d'une cigarette. Dans une vitrine, où elle lui tendait les bras en souriant.

(Carte postale avec le parc du palais de Schönbrunn saupoudré de neige, à la lueur des lampadaires.)

Chère mère,

Ça fait un bon moment que je suis à la ville maintenant, mais franchement, c'est comme si tout m'était de plus en plus étranger. Mais c'est peut-être toujours comme ça dans la vie : dès la naissance on s'éloigne tous les jours un peu plus de soi, et il arrive un moment où on ne sait plus du tout où on en est. Est-ce possible que ce soit vraiment comme ça ? Te demande en t'envoyant toute son affection,

Ton fils Franz.

(Carte postale avec l'Attersee scintillant d'un vert d'émeraude, visiblement photographié d'un avion ou d'une montgolfière.)

Cher Franzl,

Est-ce que tu serais tombé amoureux par hasard ? Ça pourrait bien expliquer ce que tu ressens. C'est connu, quand on tombe amoureux, on ne sait plus où on en est. Pour répondre à ta question : toute la vie est une perpétuelle séparation. Les mères sont bien placées pour le savoir. Mais, bon, c'est ainsi, on finit par s'habituer. À part ça, j'espère que tu vas bien et que tu ne fais pas honte à l'Otto Tresniek. Chez nous au bord du lac, il n'y a rien de neuf pour le moment, et c'est bien agréable finalement. Je t'embrasse bien fort.

Ta maman qui t'aime.

« Tu as mauvaise mine, dit Otto Tresniek sans lever les yeux de sa comptabilité.

— Quoi ? » demanda Franz, dérouté, en relevant sa tête qui venait de tomber sur sa poitrine une fois de plus. Depuis qu'il avait trouvé son bonheur au Prater pour le reperdre aussitôt, deux mois avaient passé maintenant. Deux mois remplis de journées lugubres et de nuits d'insomnie.

« Tu as mauvaise mine ! répéta Otto Tresniek. Une mine de déterré pour être précis. Une tête à effrayer les morts. Blanc comme un linge, maigre à faire peur, à bout de forces. Tu as pris au moins dix ans en huit semaines. Si tu continues à ce rythme, l'an prochain, tu peux demander ta pension.

— Non, non, je vais bien, dit Franz vivement, en se baissant pour ramasser le journal qui avait échappé à ses mains inertes. C'est peut-être le temps qui me fatigue un peu, mais autrement tout va bien.

— Et qu'est-ce qu'il a donc, le temps ?

— Il, il… il fait un petit peu froid.

— C'est l'hiver, pardi !

— Oui, soupira Franz tout bas, l'hiver. »

Le buraliste dévisagea par-dessus ses lunettes son apprenti qui tentait de dissimuler son visage derrière les feuilles de la rubrique « Économie ».

« Et, mis à part le fait indéniablement stupéfiant que l'hiver nous soit tombé dessus au mois de décembre cette année, peut-on savoir ce qui t'afflige ? »

Franz hésita quelques secondes avant d'abdiquer toute résistance. Puis il laissa le journal glisser irrémédiablement sur le sol, sauta de son tabouret et poussa un cri désespéré vers le plafond poussiéreux : « Je suis tombé amoureux ! »

En à peu près la moitié du temps qu'il mettait à parcourir un gros titre, Otto Tresniek avait mesuré la gravité de la situation. « Jésusmariejoseph, jura-t-il, quelle poisse !

— C'est plus que de la poisse ! se récria Franz. C'est une catastrophe ! Qu'est-ce que je vais bien pouvoir faire ? »

Otto Tresniek réfléchit. Enfin, il haussa les épaules. « Je n'en ai aucune idée. Va faire quelques longueurs à la piscine. C'est bon pour la santé et ça libère l'esprit ! »

Franz baissa les bras et le dévisagea. Pour la première fois, il réalisait combien le buraliste était minuscule. C'était comme s'il avait rétréci, ces derniers temps. Comme s'il allait bientôt se dissoudre et se fondre dans l'ombre poussiéreuse de ses piles de revues.

« À la piscine ? »

Otto Tresniek se gratta derrière l'oreille droite. Son regard s'attarda sur le comptoir, glissa au sol, effleura les dalles en décrivant quelques arabesques et se fixa environ à deux centimètres de la pointe des souliers de Franz.

« Écoute, je ne comprends plus rien à ces histoires. Avant, peut-être, j'étais encore assez actif en la matière... Demande à ta mère, elle doit probablement s'en souvenir. Mais ça fait longtemps. La moitié d'une vie d'homme. La vérité, c'est qu'avec ma jambe j'ai laissé ma jeunesse aussi dans la tranchée. C'est comme ça et pas autrement. La pilule est dure à avaler, mais ça n'a pas que de mauvais côtés. À l'heure qu'il est, l'amour ne peut plus rien me faire. À cet égard, j'ai la paix, et si je veux m'exciter un peu, je n'ai qu'à lire les journaux. Il se passe suffisamment de choses absurdes dans le monde, pas besoin d'en avoir dans mon tabac par-dessus le marché. Si je peux donc donner un conseil à mon apprenti qui s'est fourré dans le pétrin : pour ces choses délicates, adresse-toi ailleurs, laisse-moi tranquille avec tout ça. »

Il eut un sourire un peu embarrassé, souffla sur la pointe de sa plume pour la sécher et se replongea dans ses livres de comptes. Au bout d'un moment, Franz se rassit, et ils ne desserrèrent plus les dents de la journée.

Au numéro 19 de la Berggasse, d'exquises odeurs flottaient encore dans l'air. Des effluves de consommé aux lanières de crêpes se mêlaient à ceux du rôti de porc aux oignons frits et aux pommes persillées, et à un parfum de crème à la vanille, de chocolat chaud et d'amandes fraîchement grillées. Le professeur Sigmund Freud se débarrassa de sa serviette, ouvrit discrètement le dernier bouton de son pantalon et poussa un soupir de bien-être en croisant ses mains sur son ventre. Exceptionnellement, et uniquement parce que Martha, son épouse, était alitée deux pièces plus loin avec un peu de température et une pénible toux d'irritation ce dimanche-là, c'est sa fille Anna qui était aux fourneaux. Au fil des ans, Anna était certes devenue une psychanalyste très productive et remarquablement intuitive (d'ailleurs seule habilitée à succéder à son père et à promouvoir son œuvre), mais aussi un véritable cordon-bleu alliant talent et passion culinaires, ce que, secrètement, Freud appréciait presque encore plus. Le rôti de porc aux oignons frits notamment était une de ses spécialités, et elle le réussissait comme personne à Vienne : la viande rôtie à point était moelleuse à souhait, les oignons, légèrement farinés et bien revenus au beurre, parfaitement croustillants, et les pommes de terre finement saupoudrées d'un hachis de persil frais. Freud observait sa fille du coin de l'œil. Elle chipotait encore dans sa crème avec sa petite cuiller en argent, tout en feuilletant une des sommes d'Arthur Schopenhauer. Elle avait ramené sur sa nuque ses cheveux enroulés en deux espèces d'escargots, et les quelques rayons de soleil hivernal égarés dans les profondeurs de la rue et la salle à manger des Freud y allumaient des reflets dorés. Il n'avait jamais réussi à comprendre d'où les femmes puisaient la dextérité et la patience nécessaires à l'érection de semblables structures sur leurs têtes. De la chambre à coucher leur parvint une petite toux rauque, suivie d'un gémissement de bien-être et de quelques bruits de lit indéfinissables. Ah, la femme, s'étonna Freud en silence, que veut-elle, que nous veut-elle ? Au même moment, il sentit le regard d'Anna braqué sur lui, ce regard qu'il chérissait plus que tout au monde. « Je vais quand même jeter encore un coup d'œil », dit-elle. Elle écarta sa cuiller et Schopenhauer, gagna la fenêtre et regarda en bas dans la rue.

« Il est toujours là ! »

Freud toussota. « Cela fait combien de temps qu'il est assis là, en bas ?

— Environ trois heures.

— Par ce froid ?

— Il a une écharpe. »

Du bout de la langue, Freud tâta prudemment les bords de sa mâchoire artificielle. Cette arête coupante, là-derrière, il aurait fallu l'arrondir, et puis limer un peu le coin, là-bas sur le côté. Pendant qu'il mangeait, ses douleurs dans la bouche étaient restées tolérables, mais là elles recommençaient à devenir insupportables. En fin de compte, ces honorables docteurs ne valaient pas tripette, tous autant qu'ils étaient. Peut-être serait-il bien avisé de s'adresser à un menuisier, la prochaine fois. Ou carrément à un tailleur de pierre funéraire. Un moment, il fixa le vide devant lui d'un regard morne. Un dernier petit bris d'amande subsistait sur la nappe à côté de la corbeille à pain. Il le récupéra du bout du doigt et le glissa dans sa bouche. Puis, avec un soupir qui semblait gros de toutes les souffrances du genre humain, il se leva et dit : « Je vais fumer dehors aujourd'hui. »

Franz sauta sur ses pieds dès que la lourde porte s'ouvrit et que le professeur mit le nez dans la rue. C'est tout juste si son empressement ne le fit pas culbuter, tant ses jambes étaient de bois et son postérieur ankylosé à force de rester assis des heures durant sur le banc glacé. Mais il était debout maintenant et voyait le professeur traverser la rue sur ses jambes un peu flageolantes, toujours un peu courbé, et se diriger droit vers lui.

« Tu permets que je m'assoie ? » demanda Freud en s'installant sur le banc sans attendre la réponse. Du bout des doigts, il sortit une petite boîte d'argent brossé de la poche de son manteau et y prit un Virginia. Mais, avant qu'il eût pu placer le cigare entre ses lèvres, Franz s'était faufilé à côté de lui et lui en mettait un plus mince et plus long sous le nez. Le professeur accusa le coup. « Un Hoyo de Monterrey », dit-il d'une voix légèrement voilée. Franz acquiesça : « Récolté par des hommes courageux sur les rives fertiles et ensoleillées du fleuve de San Juan y Martinez et roulé par les mains délicates de leurs très belles femmes. »

Freud palpa le cigare sur toute sa longueur en le pressant légèrement entre le pouce et l'index.

« Un havane aromatique au goût léger mais subtil, qui séduit par son élégance et sa complexité », énonça Franz avec un naturel qui ne laissait rien paraître des heures d'efforts nocturnes passées à mémoriser les légendes du couvercle de la boîte à cigares. De la poche de son pantalon, il exhuma un coupe-cigare en argent et le tendit au professeur : « Un havane doit être coupé juste au-dessus de la ligne, là où la coiffe rejoint la cape ! »

Freud coupa la tête et alluma l'Hoyo avec une allumette d'une bonne longueur de doigt. Tenant la flamme à environ un centimètre du pied, il aspira jusqu'à ce qu'elle atteigne celui-ci. Puis il fit tourner lentement le cigare entre ses doigts en soufflant doucement sur la braise. Esquissant un sourire, il s'adossa au banc et suivit des yeux la fumée bleue qui frisottait dans la clarté de l'air hivernal.

« Bien, et maintenant crache le morceau : qu'est-ce que tu veux ? »

Franz s'éclaircit longuement la gorge, tortilla des fesses sur le banc, se racla la gorge de nouveau et finit par tourner vers son voisin de banc une figure qui était l'expression même du désespoir.

« Je suis amoureux, monsieur le Professeur ! »

Freud exposa le cigare à la lumière du soleil et le contempla rêveusement.

« Félicitations ! dit-il. Tu ne perds pas de temps, n'est-ce pas ?

— Non, monsieur le Professeur, mais, *elle*, je l'ai perdue !

— Qui ?

— La fille !

— Mais tu viens de dire que tu es amoureux !

— Oui, mais sans espoir ! » L'aveu fusa de sa bouche comme le bouchon d'une bouteille de champagne malmenée. Freud, que sa prothèse recommençait à martyriser, pencha un peu la tête de côté et fixa un moment le vide entre le banc et le porche de la maison. « *Ut desint vires, tamen est laudanda voluntas*, dit-il enfin, et ça sonnait comme s'il avait entrepris de broyer chaque mot l'un après l'autre entre ses dents.

— Pardon, monsieur le Professeur ?

— En gros, cela signifie : haut les cœurs !

— Comment une phrase si longue peut-elle dire si peu de choses ?

— C'est souvent le cas avec les phrases. Qui parle beaucoup a souvent peu à dire, répondit Freud en se rembrunissant. Mais au fait, qu'ai-je à voir, moi, avec toute cette affaire ?

— Mais c'est votre faute ! s'écria Franck. C'est bien vous qui m'avez conseillé de m'amuser et de me trouver une fille !

— Tu fais donc du médecin la cause de la maladie ?

— Mais non ! » Franz sauta sur ses pieds et se mit à déambuler à grands pas devant le banc : « Je ne connais rien aux médecins et aux causes des maladies. Tout ce que je sais, c'est que, moi, je suis malade : d'excitation ! Je suis excité du matin au soir. Je n'arrive plus à travailler. Je n'arrive plus à dormir. Je fais des rêves complètement absurdes. J'erre dans la ville jusqu'au lever du jour. J'ai chaud. J'ai froid. Je me sens mal. J'ai mal au ventre, mal à la tête, mal au cœur. Tout ça en même temps. Il n'y a pas si longtemps, je regardais encore les canards au bord de mon lac. Je mets les pieds à la ville, et tout commence à aller n'importe comment.

D'ailleurs pas que chez moi, partout ailleurs aussi. On n'a qu'à lire les journaux : un jour, tout le monde acclame ce Schuschnigg ; le lendemain, tout le monde acclame ce Hitler. Et moi, dans mon tabac, je me demande qui c'est, ces deux-là, au fait ? J'efface du sang de porc sur la vitrine du tabac et je pleure à chaudes larmes dans le train de la grotte. Je danse avec la plus belle fille du monde. Une minute après, elle a disparu. S'est volatilisée. Ni vue ni connue. C'est moi qui suis devenu fou ou c'est le monde qui est devenu fou ? Dites-le-moi ! »

Le professeur Freud élimina d'une chiquenaude la cendre de son Hoyo et souffla sur la braise avec précaution. « Premièrement, rassieds-toi, dit-il posément, deuxièmement, oui, le monde est devenu fou. Et troisièmement : ne te fais pas d'illusion, il va le devenir de plus en plus ! »

Franz se laissa tomber sur le banc et regarda devant lui d'un air lugubre. « Au fond, ça m'est égal que le monde tourne rond ou pas. La seule chose qui m'intéresse, c'est cette fille.

— À propos, comment s'appelle-t-elle ?

— Je ne sais pas.

— Tu ne connais même pas son nom ?

— En fait, je ne sais absolument rien d'elle. Sauf qu'elle vient de Bohême. Et qu'elle a les plus jolies dents du monde, les dents du bonheur.

— Les dents du bonheur ? Tu m'as l'air vraiment mordu !

— Je vous le disais bien !

— Et qu'attends-tu de moi, maintenant ?

— Mais vous êtes docteur ! Professeur même !

— Et alors ?

— Vous avez écrit des livres. Beaucoup de livres ! Il n'y a rien dedans qui puisse m'aider ?

— Franchement, je ne crois pas.

— Mais alors à quoi ils servent, tous ces livres ?

— Ça, je me le demande bien parfois aussi. » Freud replia ses jambes sous lui, rabattit un peu son chapeau sur son front et releva son col d'une main leste. Le temps de quelques bouffées de cigare, ils restèrent assis côte à côte sans mot dire. Le soleil avait disparu derrière les toits, il faisait encore plus froid sur le banc. Franz vit la main du professeur trembler légèrement quand il porta le cigare à sa bouche. Sa peau tavelée, fine comme du papier à cigarette, s'étirait sur les tendons de la main. Franz mesura combien Freud était âgé, combien il était fragile. Il déroula l'écharpe passée autour de son cou et la tendit au professeur.

« Qu'est-ce que tu veux que j'en fasse ? ronchonna le vieillard.

— C'est l'hiver – on ne doit pas jouer avec sa santé.

— Ah ! s'écria Freud, un soupçon de gaieté amère dans la voix. Je suis bien trop vieux pour ne plus jouer !

— Personne n'est trop vieux pour l'écharpe

que ma mère a tricotée de ses mains ! » rétorqua Franz d'un ton sévère en enroulant l'écharpe d'un geste preste autour du cou décharné du professeur. Après s'être figé d'incrédulité un instant, Freud extirpa son menton de l'épaisse couche de laine et recommença à s'occuper de son cigare, qui, sur ces entrefaites, avait rétréci presque de moitié.

« Cette jeune dame t'a donc laissé en plan murmura-t-il par-devers lui. Voilà pour les faits. À mon avis, il te reste deux options, pas une de plus. Option numéro un : tu la retrouves ! Option numéro deux : tu l'oublies !

— C'est tout ?

— C'est tout.

— Mille excuses, monsieur le Professeur, mais si tous vos conseils sont comme celui-là, je ne vois vraiment pas pourquoi les gens paient aussi cher le droit de venir s'allonger sur votre divan ! »

Freud soupira. Une fraction de seconde, il envisagea de céder au sentiment de colère qu'il sentait poindre en son for intérieur et de mettre fin à la vie de son Hoyo en l'écrasant sur le front de ce jeune cul-terreux impertinent. Il y renonça et se contenta de souffler quelques ronds bleus dans l'air.

« Les gens paient aussi cher, justement parce que je ne leur donne pas de conseils. Et je me permets de te rappeler que c'est toi qui, en ce jour du Seigneur, es venu user tes fonds de culotte devant ma porte dans le dessein de m'acheter avec un cigare – excellent, je te l'accorde –, et de me demander conseil.

— C'est parce que je suis désespéré !

— Eh oui, soupira Freud, sur l'écueil de la féminité se brisent les meilleurs d'entre nous.

— Et je ne fais certainement pas partie des meilleurs.

— Ça, c'est l'avenir qui le dira, déclara le professeur en levant les yeux vers la fenêtre de la salle à manger où avait surgi Anna, qui levait un index menaçant et lui signifiait clairement d'avoir à rentrer sur-le-champ, à l'instant même, se mettre au chaud !

— C'est votre fille ? »

Le professeur fit oui de la tête. Se fendant d'un sourire aussi large que le permettaient ses joues intégralement gelées, Franz leva les yeux et salua Anna, qui répondit par un rapide signe de la main, puis remit les rideaux en place avant de disparaître derrière.

« Elle ressemble un petit peu à ma mère. Enfin, j'ai l'impression, comme ça, de loin.

— Faut-il absolument que tu me rappelles mon âge antédiluvien ? » grogna Freud. Il ferma les yeux et se concentra sur son Hoyo, dont il tira lentement une dernière bouffée. Mais le moment de grâce était passé. Le goût du cigare ne parvenait plus vraiment à compenser les douleurs dans sa bouche. Avec précaution, il posa le reste du cigare sur l'accoudoir et regarda la braise se consumer lentement.

« Ainsi fait-il une digne fin… », grommela-t-il quand il s'éteignit, et Franz approuva de la tête. Ils échangèrent un regard.

« Et maintenant ? demanda Franz.

— Maintenant je vais te prescrire une chose, répondit Freud, ou, plus exactement, trois. Et cela peut sembler un peu paradoxal, mais je te les prescris oralement. Fais donc bien attention, il faut que tu les retiennes ! Première prescription (contre ton mal de tête) : cesse de réfléchir à l'amour. Deuxième prescription (contre tes maux de ventre et les rêves confus) : dépose une plume et du papier à côté de ton lit et note tous tes rêves dessus dès le réveil. Troisième prescription (contre le mal de cœur) : retrouve la fille – ou oublie-la ! »

Le soleil s'était éclipsé depuis longtemps. Une bise glacée soulevait des lambeaux de journaux qui dévalaient la Berggasse. Quelqu'un ouvrit sa fenêtre, de la musique retentit un moment dehors, des cuivres, une sorte de marche, puis le calme revint. Le professeur se secoua avec peine, et ils se levèrent tous les deux.

« Je te souhaite bonne chance, Franz ! » dit-il en lui tendant la main. Franz sentit dans la sienne les doigts du vieillard, qui étaient légers et fluets comme une poignée de brindilles sèches.

« J'en ai drôlement besoin. »

Freud avait déjà traversé la rue, il était en train de sortir son trousseau de clés de la poche de son manteau, quand la voix de Franz le rattrapa, chevrotante à cause du froid : « Je pourrai venir m'allonger sur le divan, un jour, moi aussi, monsieur le Professeur ? »

Freud se retourna.

« Qu'est-ce que tu veux venir faire sur le divan ?

— Je ne sais pas. Mais, une fois que j'y serai, je trouverai bien le moyen de le savoir. »

Freud dévisagea le garçon d'un regard incrédule. Il repoussa son chapeau sur son front et enroula sa barbe autour de deux doigts.

« D'abord les prescriptions et ensuite on avisera, entendu ?

— Entendu. »

Ils restèrent silencieux quelques secondes. Enfin Freud crispa sa bouche en un sourire tordu et introduisit la clé dans la serrure.

« Joyeux Noël, Franz !

— Joyeux Noël, monsieur le Professeur ! »

Pendant les fêtes de Noël, le tabac était fermé. Après lui avoir confié les clés et la responsabilité des lieux déserts, Otto Tresniek s'était exilé à Potzneusiedl, chez une cousine éloignée, pour « reposer son âme et sa jambe dans la monotonie du Burgenland ». Franz passa le plus clair de son temps dans sa chambrette, d'une part pour rassembler ses forces en prévision de la reconquête imminente, de l'autre parce qu'une mauvaise grippe le terrassait depuis ce dimanche après-midi passé sur le banc de bois. Dehors, il y avait des jours qu'il neigeait sans interruption. Les équipes de déblayage municipales, constituées de chômeurs émaciés et de soldats de l'armée fédérale aux figures poupines de petits paysans, avaient entassé la neige à mi-hauteur de la vitrine. Le tabac était plongé dans un clair-obscur silencieux, et Franz avait la paix. La plupart du temps, il restait au lit, bercé par le doux ronflement du poêle à charbon, en pensant aux dents du bonheur de la jeune fille de Bohême. Le soir du réveillon, il alluma une bougie et fit un sort au contenu du colis de sa mère rempli de *Vanillenkipferln*, délicieuses demi-lunes à la vanille, de beignets au saindoux, de chaussons fourrés à la confiture et autres douceurs pâtissières embaumant l'enfance et le pays natal. Au fond de la boîte, Franz trouva une petite photographie. La photo montrait sa mère sur la surface gelée de l'Attersee. Elle portait l'un de ses bonnets à pompon tricotés main, la veste de laine du costume traditionnel, une grosse jupe d'hiver et ses vieilles chaussures de montagne fourrées de peau de lapin. Elle fixait l'objectif en riant. De son bras tendu, elle semblait désigner quelque chose, leur cabane peut-être, ou la pointe du Schafberg, au loin, immergée dans le brouillard. À coup sûr, c'était l'abbé Sieglmeier, le curé de la paroisse, qui avait pris la photo. À Nussdorf, le curé était un des rares à posséder un appareil, et sa mère avait dû lui faire miroiter une soupe de poisson bien relevée, un strudel maison ou son assiduité à la messe dominicale. Une larme tomba sur la photo, dessinant une tache ronde et humide à l'endroit où sa mère levait le bras vers le ciel. Franz l'essuya vite du pouce et retourna la photo. Au dos était écrit au crayon bleu clair :

Mon cher Franzl,
Je te souhaite du fond du cœur un joyeux Noël et une bonne et heureuse année.

Ta maman.

PS : Es-tu es encore amoureux ?
PPS : Si tes pantalons sont sales, tu peux me les envoyer.
PPPS : Arrête de m'appeler « Chère mère », je suis ta maman, point.

Franz alla chercher sur le présentoir une carte postale susceptible de faire impression (la statue de Johann Strauss coiffée de neige et entourée de petits chanteurs) et prit sa plus belle plume :

Chère maman,
Maintenant Noël est pratiquement passé et il ne reste plus rien des choses de ton colis. Ces derniers temps ont été un peu fatigants, mais, avec l'année nouvelle, tout va sûrement rentrer dans l'ordre.

Ton fils Franzl.

PS : Je suis toujours amoureux.
PPS : Mes pantalons ne sont pas sales.
PPPS : Bon d'accord.

Franz était venu à bout de sa fièvre et de son rhume juste pour la soirée de la Saint-Sylvestre et il s'achemina vers le centre-ville pour fêter le Nouvel An parmi des centaines de Viennoises et de Viennois dans un dancing de l'Annagasse « de réputation internationale » (assuraient les annonces publiées en bonne place dans divers journaux), en sifflant deux litres d'une piquette acide qu'il avait planquée sous sa veste et en faisant valser une grosse dondon. Le lendemain, au premier jour de cette nouvelle année 1938 riche de promesses, il monta de bon matin dans le tram et se laissa mener au Prater en cahotant sous une tempête de neige. La Grande Roue se dressait dans le ciel, sombre et immobile, et les manèges gisaient inanimés sous une épaisse couche de neige. Les ruelles étaient presque désertes, à l'exception de quelques promeneurs isolés qui pataugeaient dans la neige entre les baraques. Des stalactites scintillantes pendaient du grand bateau-tempête, où une corneille perchée sur la benne du haut picorait dans la neige. Franz se dirigea vers la Maison suisse déjà éclairée, dont on avait dégagé l'entrée pour la première chope de l'année. Il pénétra dans la salle et mit le cap sur le serveur moustachu qui, derrière son comptoir, contemplait d'un œil las à la lueur glauque du plafonnier un verre fraîchement rincé.

En quoi pouvait-il être utile au jeune monsieur, s'enquit le serveur sans lui accorder un regard. Franz promena sur la salle un regard blasé et glissa négligemment un billet sur le comptoir. Il avait une question, une bagatelle, une petite question qui se contenterait d'une petite réponse.

Ce devait être une question bien minuscule à en juger par la valeur de cette minuscule coupure, remarqua le garçon. Sans mot dire, Franz sortit un second billet de la poche de sa veste et le déposa à côté du premier. Le serveur replaça le verre sur l'étagère et enfouit l'argent dans son tablier.

« Suivez-moi », dit-il.

Dehors, il neigeait de plus en plus fort. De gros flocons moelleux tombaient sans bruit, se prenaient dans les chevelures et restaient collés aux cils. Franz et le garçon se réfugièrent sous un grand marronnier.

De quelle minuscule question s'agissait-il donc exactement, demanda le serveur.

C'était au sujet d'une de ses compatriotes, dit Franz, une jeune fille de Bohême.

Ce n'est pas parce qu'il parlait le tchèque qu'il était de Bohême, loin de là, qu'on mette bien les choses au point, corrigea le serveur. Il y eut un frémissement au faîte de l'arbre au-dessus d'eux, et une poignée de neige dégringola sur le sol.

Quoi qu'il en soit, l'honorable serveur se rappelait certainement qu'il n'y avait pas si longtemps, sous ce même marronnier, cette jeune fille de Bohême et lui-même avaient bu quelques bières et dansé. Elle était très belle. Plutôt ronde, des cheveux blonds comme un soleil, une lèvre délicatement ourlée et les dents du bonheur ! On les aurait crues forgées de la main de Dieu.

Le serveur haussa les épaules. « Ah, la mémoire, quelle drôle de chose », dit-il en examinant tristement la petite coiffe de neige qui recouvrait le bout de ses chaussures. Franz soupira et sortit un autre billet de la poche de son manteau.

Ah oui, fit le serveur, étrange, mais voilà que ça lui revenait, il se souvenait d'une grosse fille de Bohême.

Ronde, rectifia Franz, ronde, pas grosse.

Si vous y tenez, concéda le serveur. Et après ?

Son adresse, répondit Franz, l'honorable serveur savait-il son adresse ? Ou son nom ? Ou quoi que ce soit sur elle ? Car, ce jour-là, on voyait bien qu'il la connaissait !

Quand on était serveur au Prater, on connaissait beaucoup de monde, répliqua le serveur, ce n'était pas si simple.

Franz fourra son dernier billet dans la poche du tablier. Voilà qui allait peut-être simplifier les choses ?

Le serveur sourit. Pourquoi se fixer sur une petite grosse qui sort de sa campagne, s'enquit-il, le Prater offrait quand même d'autres opportunités, il y avait certainement moyen d'arranger quelque chose.

Ronde, insista Franz, le regard fixe, ronde, pas grosse.

Ronde ou grosse, tout était question de définition, observa le serveur, mais on aurait beau faire, le deuxième choix restait du deuxième choix.

Là, quelque chose s'insurgea violemment en Franz. Étouffant un cri, il se jeta sur le serveur et se mit à frapper. Le moustachu esquiva en se baissant, fit deux entrechats de côté, un en arrière, un en avant, et lui asséna un direct foudroyant. Le coup toucha Franz à la racine du nez, un son creux résonna dans l'air, et une ombre s'abaissa sur lui, recouvrant le monde d'une obscurité silencieuse.

Deux secondes plus tard, il avait repris connaissance. Couché de tout son long, il avait le nez sous la figure moustachue du serveur qui se penchait sur lui.

Il avait un peu perdu la forme, constata le serveur avec mansuétude, mais il lui en restait assez pour une petite caboche de bouseux. Pouvait-il l'aider à se relever ?

Non merci, répondit Franz, qui resta couché.

Le serveur observa qu'on n'était pas obligés de s'énerver pour des histoires de femmes.

Non, on n'était probablement pas obligés, dit Franz.

Le garçon le toisa avec une expression de paternelle sévérité. Non mais quelle sottise aussi !

Franz acquiesça. Mais pouvait-il peut-être avoir l'adresse ou le nom, maintenant ?

Aussi têtu qu'une mule de Styrie ! remarqua le serveur en hochant la tête.

De Haute-Autriche, l'informa Franz, tandis que le goût mièvre du sang se répandait dans sa bouche.

Puisqu'il y tenait, fit le serveur. Sa tête aux cheveux abondants était maintenant surmontée d'une petite toque neigeuse qui lui conférait l'apparence d'un aïeul bienveillant. Dans la salle de la brasserie retentissait le brouhaha des voix de ses collègues. Des rires. Quelqu'un entonna une chanson. Puis le calme revint. Le serveur soupira.

Pas bien loin d'ici, dans le deuxième arrondissement, dit-il, la maison jaune dans la Rotensterngasse. Suivre les rats, un tas de gravats à droite, un tas de gravats à gauche. Le jeune monsieur pouvait aller voir de ce côté-là, s'il y tenait absolument.

Merci bien, dit Franz.

Tout le plaisir était pour lui, conclut le serveur. Il effectua quelques petits sautillements pour secouer la neige accumulée sur ses épaules et lissa sa moustache.

Ce temps de chien allait bientôt cesser, espérait-il, ça ne pouvait pas continuer comme ça.

Franz approuva de la tête.

Mais, maintenant, il était vraiment obligé de rentrer, dit le serveur, passer son dimanche sous un marronnier couvert de neige, ce n'était pas raisonnable.

Parfaitement, dit Franz, au revoir.

Au revoir.

Quand le serveur eut réintégré la brasserie, Franz resta un moment allongé dans la neige à contempler le ballet des flocons au-dessus de lui. Bientôt il lui sembla que ce n'étaient pas les flocons qui tombaient sur lui, mais lui qui décollait et montait à toute allure, de plus en plus vite et de plus en plus haut, vers le ciel vaste et silencieux.

La maison jaune dans la Rotensterngasse était quasiment une ruine. Comme l'avait dit le serveur, des gravats d'un mètre de haut s'amoncelaient à gauche et à droite de l'entrée. Le crépi s'effritait partout, les fenêtres étaient grises de poussière ou aveuglées par des planches clouées. De la gouttière pendouillaient des stalactites brunâtres, au-dessus d'une des fenêtres de la cave on avait barbouillé à la peinture verte : SCHUSCHNIGG, SALAUD DE JUIF. La porte d'entrée était grande ouverte, et pourtant il faisait sombre dans le vestibule, qui empestait l'urine et l'humidité. Et une autre odeur flottait dans l'air, un remugle âcre et fétide qui caressait les narines de Franz en évoquant vaguement les lieux de son enfance. Ça sentait la porcherie. Franz ne put s'empêcher de sourire en son for intérieur. Il gravit prudemment l'escalier, sous ses pieds crissaient des bris de plâtre et à chaque marche la puanteur se faisait plus insistante. À la maison, ça n'aurait gêné personne, songea-t-il, lui moins que tout autre. En fin de compte, les cochons puaient moins que, par exemple, les forestiers après leur journée de travail ou les écoliers après l'heure de gymnastique. Et lui-même s'était bien glissé jadis dans les étables des fermiers voisins pour serrer les porcelets dans ses bras et se lover dans la paille avec ces petits frères roses. Mais ici, entre les murs gris de la ville, cette odeur était déplacée – et répugnante. À l'entresol, une des portes était cassée et sortie du chambranle, derrière, dans la pièce, il aperçut le cochon. Un animal énorme, qui gisait de toute sa masse immobile sur le sol carrelé, recouvert de paille, et ronflotait tranquillement. Sur un cageot à fruits contigu, une vieille femme était assise. Elle avait un pot dans son giron et touillait de la pâte d'un mouvement lent et régulier.

« Excusez-moi, y aurait-il par hasard une jeune femme, une jeune femme de Bohême, qui habite ici ? » demanda Franz. La vieille le regarda un instant. Puis, de sa cuiller, elle désigna le plafond sans mot dire. Un épais morceau de pâte se détacha de la cuiller et coula sur ses genoux. La truie tourna le flanc et leva la tête, ses yeux glauques fixés vers le mur.

Au deuxième étage, la plupart des logements avaient l'air vides, presque partout les portes étaient ouvertes ou manquaient carrément. Seule celle du dernier logement tout au fond du corridor était indemne. Derrière bourdonnait un brouhaha de voix confus. Franz frappa à deux reprises. Aussitôt le silence se fit à l'intérieur. Il y eut un bref chuchotement, puis un « Entrez ! » haut perché.

Franz chassa les restes de neige de son col, respira un bon coup et ouvrit la porte. À première vue, la pièce devait contenir une trentaine de femmes. Elles étaient assises à de petites tables, sur des chaises, des coussins, des caisses. Trois d'entre elles étaient perchées en rang d'oignons sur le rebord interne de la fenêtre comme des oiseaux sur la branche. Certaines étaient allongées sur de vieux matelas le long des murs. Deux jeunes filles assises en tailleur devant un petit poêle à charbon jouaient aux cartes, une femme se fardait les yeux au khôl en face d'un morceau de miroir accroché au mur, et une autre, assise sur une corbeille à linge renversée, serrait un enfant minuscule contre sa poitrine.

« Excusez-moi, dit Franz timidement, y aurait-il une jeune femme, une jeune femme de Bohême, qui habite ici ? » Une des filles gloussa, une deuxième aux yeux d'un bleu liquide pressa sa main sur sa bouche pour réprimer un éclat de rire. Les autres restèrent tout bonnement assises à le dévisager.

« Ah, le p'tit gars qu'a un beau p'tit cul ! »

Il reconnut sa voix sur-le-champ. Elle était assise sur un matelas, les genoux repliés, emmitouflée dans une mince couverture de laine. Ses cheveux étaient dissimulés dans un fichu et son visage presque entièrement plongé dans l'ombre du plafond. Mais Franz savait qu'elle souriait. Et lui aussi souriait maintenant. Et si cette fille de Bohême enfouie sous sa couverture de laine ne l'avait délivré de son immobilité béate en clamant : « Veux bien que tu me payes à manger et un verre de vin, p'tit gars ! », il aurait pu passer le reste de l'après-midi, voire l'éternité, sur le pas de la porte, avec ce sourire qui semblait disposé à embrasser la terre entière ou du moins ces trente femmes, là, dans leur baraque pourrie.

Elle s'appelait Anezka et elle avait trois ans de plus que lui. Elle venait d'un « village très joli, nommé Dobrovice, dans le district Mladá Bolesla, blotti contre la colline Viničný comme dans les bras d'un amoureux aux cheveux noirs », et elle travaillait tour à tour comme bonne d'enfant, cuisinière ou femme de ménage, illégalement, à l'instar des autres femmes de la maison jaune : « Toutes des femmes de Bohême, jolies femmes, très gentilles, toutes ensemble ! »

Ils marchèrent côte à côte dans les rues enneigées qui crissaient sous les pieds, et Franz parla de son pays où le lac changeait de couleur avec les saisons : vert émeraude au printemps, d'argent irisé l'été, bleu franc à l'automne et, l'hiver, plus noir que le cœur du diable. Et il parla des vaches dont les bouses étaient si profondes qu'on y enfonçait jusqu'aux genoux quand il était gosse, et de ces poissons énormes qu'il tirait de l'eau et dont un seul pouvait rassasier une brigade de bûcherons. Il lui décrivit les vapeurs d'excursion qui tanguaient sur l'eau jour après jour l'été, leur pont bondé d'une foule de touristes bigarrés, et avec lesquels les enfants faisaient la course au crawl quand on larguait l'amarre, et il lui vanta les strudels aux pommes de terre de sa mère, renommés dans tout le Salzkammergut, dont elle étendait la pâte sur la table les mois d'hiver, avant de la faire revenir à la graisse d'oie dans une grande poêle de fer et d'en superposer les couches en un tas doré, fumant et odorant à souhait. C'est de toutes ces choses et de bien d'autres encore que parla Franz. Les mots jaillissaient de sa bouche, déployant devant eux un panorama d'une telle splendeur que leur balade à travers les rues de la ville presque déserte se prolongea jusqu'à ce que la nuit tombe et amène les allumeurs de réverbères, qui montèrent sur leur échelle et balayèrent la coiffe de neige des lanternes, et que mille lueurs commencent à scintiller dans la neige tourbillonnante.

Arrivée à une petite brasserie, Anezka s'arrêta. « Maintenant, manger ! » dit-elle, et elle entra. Franz commanda deux portions de goulasch et une bouteille d'un vin étranger qui était si fameux que même le serveur ne savait pas prononcer son nom. Le goulasch, savoureux, était bien chaud, les concombres croquaient sous la dent, les petits pains croustillaient. Jamais Franz n'avait vu quelqu'un manger avec une telle ferveur. Et jamais il ne s'était autant délecté à regarder quelqu'un manger. Il commanda une deuxième portion, puis une troisième. Ensuite il y eut des *Palatschinken* : des crêpes fourrées au chocolat enrobées d'une épaisse couche de sucre glace, ainsi qu'une deuxième bouteille de vin. Après avoir rincé la dernière bouchée de *Palatschinken* d'une dernière gorgée de vin, Anezka se carra dans son siège en poussant un long soupir, croisa les mains sur son ventre et lui coula un regard languissant.

« Et maintenant, c'est toi qu'je veux, p'tit gars ! »

L'intérieur du magasin silencieux baignait dans l'éclat bleuté de la neige qui filtrait des rares espaces de la vitrine libres d'affiches. Quand Franz eut refermé la porte derrière eux, Anezka leva le nez, huma l'air de la pièce et aspira profondément l'odeur de tabac et de papier. D'un geste d'homme du monde courtois et nonchalant, Franz voulut l'inviter à passer dans la petite chambre, mais il sentit sa main sur ses fesses, exactement à l'endroit où elle l'avait posée il y avait de cela une éternité, en dansant avec lui à la Maison suisse. Son cœur se mit à battre la chamade, et une bouffée de chaleur l'envahit. Il y avait quelque chose qu'il voulait lui demander, quelque chose de très urgent, d'ultra-important, une question qu'il avait sur le bout de la langue, mais déjà une deuxième main se collait sur son autre fesse, une hanche se pressait contre la sienne, et, dans la tête de Franz, les mots s'évaporèrent comme gouttes d'eau sur une plaque de four. Elle le regarda dans les yeux en approchant très lentement son visage, et, lorsqu'il sentit son souffle sur sa bouche et vit frémir le renflement de sa lèvre supérieure, il eut un frisson de félicité tellement violent qu'il aurait sûrement basculé dans l'étagère aux cigares si Anezka ne l'avait retenu in extremis et plaqué solidement contre son corps. Il ferma les yeux et s'entendit émettre une sorte de roucoulement. Et quand son pantalon glissa le long de ses jambes, et qu'avec lui tout le poids de sa vie antérieure sembla se détacher de lui, il renversa la tête et fixa l'obscurité là-haut sous le plafond, et, pendant un instant de grâce, il eut le sentiment de pouvoir saisir tout à coup les choses du monde dans leur incommensurable beauté. Bizarre vraiment, la vie et tous ces trucs, pensa-t-il. Puis il sentit Anezka glisser au sol devant lui, ses mains se crisper sur ses fesses nues et l'entraîner avec elle. « Viens, p'tit gars », l'entendit-il chuchoter, et, avec un sourire béat, il s'abandonna.

Et si quelqu'un avait eu l'idée saugrenue de se risquer dans la nuit glacée quelques heures plus tard, il aurait vu la porte du vieux tabac Tresniek s'ouvrir à toute volée devant deux exubérantes silhouettes nues, un long jeune homme mince et une ronde jeune femme, qui se lancèrent un moment des boules de neige en poussant de petits cris, descendirent un bout de la Währingerstrasse à toute allure, puis allèrent s'affaler sur le dos dans un gros tas de neige, bras et jambes écartés, à peu près à la hauteur de la boutique de fourrures de la vieille madame Sternitzka. Mais bien entendu, à cette heure et par ce temps de chien, il n'y avait plus une âme dans la rue. Nul ne put donc observer Franz et Anezka allongés sur le dos, à bout de souffle, en train de contempler le ciel. Et nul ne put surprendre le petit échange qu'amorça Franz en posant une question qui bourdonnait depuis quelques minutes dans sa tête revenue peu à peu à température normale : « Pourquoi es-tu partie l'autre fois, à la Maison suisse ? »

Anezka tendit le bras en l'air et suivit des doigts les contours des toits environnants. Il avait presque cessé de neiger, de sombres lambeaux de nuage filaient dans le ciel, et le clair de lune luisait faiblement derrière une cheminée.

« Qué'qu'fois, faut partir, qué'qu'fois, faut rester, dit-elle, la vie comme ça.

— C'est bien possible... » entreprit de lui opposer Franz d'une voix faible, mais déjà la main d'Anezka effectuait dans l'air une arabesque gracieuse, retombait aussi sec et s'emparait de sa queue sans autre forme de procès. « Pas tant parler, dit-elle, c'est mieux baiser encore. » Elle ne disait pas « mieux », bien entendu, mais « mié » avec un « é » tchèque très étiré. Mais ça n'empêcha pas Franz de la comprendre parfaitement.

La délivrance sexuelle de Franz ne se solda pas par une amélioration de son état général. Le feu qui s'était allumé entre ses cuisses flambait haut et clair et ne s'éteindrait pas de sitôt, il en était bien conscient. Il avait encore tant à apprendre – de ça aussi, il avait pris douloureusement conscience. Que cette unique nuit avait été brève ! Quand une vie entière ne lui semblait pas pouvoir embrasser tout le mystère de la femme dans sa terrifiante beauté ! Sur l'écueil de la féminité se brisent les meilleurs d'entre nous, avait dit le professeur. C'est bien possible, se disait Franz, et dans ce cas, il n'y a rien à faire. Et lui ne demandait qu'à se briser, pourvu que ce fût sur l'écueil d'Anezka ! Il ne pouvait plus revenir en arrière désormais. Il voulait continuer, continuer l'exercice, poursuivre l'apprentissage. Quel qu'en fût le prix, il voulait se retrouver couché auprès d'elle, son parfum enchanteur dans les narines, et ses mains sur son postérieur tout disposé à apprendre.

C'est pourquoi il reprit dès le lendemain soir le chemin de la maison jaune de la Rotensterngasse, traversa le vestibule puant, gravit l'escalier délabré, passa devant la vieille et son cochon qui ronflotait doucement, et gagna l'appartement bourré cette fois encore de jeunes femmes venant de Bohême. Mais Anezka n'y était pas. Le lendemain non plus. Pas plus que le week-end d'après. Ni le suivant. Anezka pas là, Anezka partie, Anezka loin, Anezka sais pas, Anezka travailler, lui dirent les femmes qui se trouvaient dans l'appartement à ce moment-là et qui, d'ailleurs, ne semblaient jamais être les mêmes. Où et pour qui elle travaillait, elles ne pouvaient pas dire, elles ne savaient pas, ne voulaient pas savoir, et Franz s'en retourna avec ses cheveux brillantinés, sa raie bien tracée, et, sous le bras, une boîte de chocolats ruineux d'une confiserie du centre-ville. Dans la journée, il restait assis sur son tabouret, blanc comme un linge, et feignait de lire les journaux.

La nuit, il se tournait et se retournait dans son lit, enfouissant sa figure dans l'oreiller sur lequel, il y avait peu, les mèches dorées d'Anezka s'étalaient comme des rayons de soleil. Ses phases de sommeil étaient brèves et traversées de rêves confus. Parfois il suivait le conseil du professeur et tentait de maîtriser sa vie intérieure devenue si tumultueuse en notant ses rêves dès le réveil. Ça ne servait à rien. Ça n'y faisait rien. Rien n'y faisait, rien ne servait à rien. C'était comme si Anezka lui avait arraché le cœur et l'avait emporté avec elle. Ce qui battait encore dans sa poitrine n'était en fait que le souvenir d'une chose qui se promenait avec elle depuis bien longtemps dans sa paume ouverte, dans la poche de son tablier, écrasée entre les montants de son lit, brûlante, toquant follement devant elle sur sa table de cuisine.

Et voilà que le miracle se produisit. Au bout de quelques semaines torturantes après le séisme amoureux dans le tabac, Franz fut tiré d'un demi-sommeil au milieu de la nuit par de légers coups frappés à la porte. Dehors se tenait Anezka, grelottant dans un petit manteau court. Elle ne dit mot. Elle passa devant lui en silence et se coucha dans le lit. Elle se laissa déshabiller. Les mains de Franz tremblaient tant qu'il y mit un temps infini. Très lentement, il dénuda son corps, jusqu'à ce qu'elle repose nue devant lui, ronde et douce, dans la lumière lactée du clair de lune. Quand ce fut fini, alors qu'il gisait sur le dos à côté d'elle, ratatiné de bonheur, il se voyait déjà lui demander sa main au matin, dès qu'ils se seraient levés. Mais, lorsqu'il se réveilla, elle était partie.

Franz décida alors d'opter pour la deuxième solution du professeur et d'oublier Anezka. Il s'y employa consciencieusement, mais, au bout de trois semaines bien tassées, les empreintes de ses petites mains continuaient à lui brûler le derrière, son nom lui apparaissait tel un spectre toutes les deux lignes dans le journal, et quand, essuyant les gouttes échappées au cabot du conseiller Ruskovetz, il vit les motifs des dalles dessiner nettement les contours du renflement de sa lèvre supérieure, de son visage, et enfin de tout son corps, il renonça à cette histoire d'oubli, expédia son bout de chiffon dans un coin de la pièce et se posta résolument devant Otto Tresniek, jambes écartées, les mains sur les hanches. Il était désolé, déclara-t-il en élevant la voix, mais ça devenait tout bonnement insupportable. Il fallait qu'il aille chez le docteur d'urgence, sur l'heure, sans perdre une minute, rapport à l'état de délabrement de sa colonne vertébrale déformée par ces longues heures de station assise sur son tabouret, et qui le faisait pas mal souffrir. Le buraliste revissa son porte-plume, le rangea soigneusement dans son étui de cuir quelque peu patiné par les ans, se pencha sur la feuille de papier qu'il venait de noircir d'une série de commandes urgentes, sécha l'encre en soufflant délicatement, puis dévisagea par-dessus le bord de ses lunettes son apprenti toujours campé devant lui, jambes écartées, et, après un profond soupir, le congédia en ces termes pour le reste de la journée : « Eh bien, déguerpis, quant à moi, si tu y tiens tant ! »

Franz ne se rendit pas chez le médecin, bien évidemment, mais tout droit à la maison jaune de la Rotensterngasse, où il s'assit sur une petite pile de tuiles friables, derrière un des tas de gravats, et attendit. De tout l'après-midi, il ne se passa rien. Il y eut bien sans arrêt des femmes qui rentraient et sortaient, mais Anezka n'en était pas. Des heures s'écoulèrent, quelques rayons de soleil effleurèrent le tas de gravats, il tomba deux, trois gouttes, puis l'air se rafraîchit et le jour déclina. Franz, qui sentait l'humidité des tuiles transpercer lentement l'étoffe de son pantalon, pestait par-devers lui. Comment avait-il pu avoir cette idée totalement fêlée d'écouter un professeur vieux comme Hérode et maigre comme un coucou – qui sentait la sciure par-dessus le marché –, et d'aller se fourrer dans un guêpier tel que l'amour ? Quand l'allumeur de réverbères débarqua un peu plus tard pour ranimer les trois becs de gaz de la rue qui fonctionnaient encore, il abandonna la partie. Il décolla son postérieur humide du tas de tuiles avec un petit bruit de succion et amorça la retraite en direction du tabac. À ce moment précis, elle sortit de la maison. La tête légèrement penchée en avant, le col de son manteau relevé, elle commença à descendre la rue à petits pas rapides dans la direction opposée. Franz sortit de derrière son tas de gravats et la suivit à bonne distance. Comme dans ce policier américain truffé de héros au sourire impitoyable ou au regard nostalgique, qu'il avait vu avec sa mère des années avant lors d'une séance de cinématographe bondée à St. Georgen, il tenta d'exploiter les planques naturelles de la ville pour sa filature. Il s'insinua dans des porches, sauta derrière une colonne de spectacles, changea de trottoir, courut un moment à côté d'une fourgonnette de goudron fumant et s'abrita derrière le large dos d'un égoutier lourdement botté, qui rentrait péniblement chez lui. Anezka traversa la Weintraubengasse et, à la hauteur de la Praterstrasse, se faufila d'un pas rapide à travers la circulation dense, se dirigeant vers la Grande Roue. Derrière la piste d'autos tamponneuses, elle tourna soudain à droite et disparut dans une sombre ruelle adjacente. Franz patienta quelques secondes avant de l'y suivre. La voie était étroite, bordée des deux côtés par une palissade étonnamment élevée, qui ne laissait voir qu'une bande du ciel nocturne dépourvu d'étoiles. Au bout d'une vingtaine de pas, le passage déboucha sur une arrière-cour entourée de murs crasseux. Dans un coin se dressaient quelques poubelles, tel un troupeau de vaches assoupies. À un fil dénudé se balançait une ampoule électrique qui diffusait une lueur jaune sale. Du coin de l'œil, Franz vit quelque chose bouger dans la pénombre d'une niche ménagée dans le mur, sans bruit, doucement, comme un signe de main paresseux. C'était le pli d'un rideau qui remuait dans un courant d'air. Une affiche y était collée, avec une inscription en lettres mates et dorées : À LA GROTTE. Et en dessous, à peine lisible : APPROCHEZ ! ENTREZ ! MYSTÈRE, JOIE, PLAISIR – SEUL OU EN COMPAGNIE ! (ENTRÉE : UN SCHILLING).

Franz écarta le rideau et entra. L'espace, minuscule, était complètement immergé dans une lumière vert foncé. Cela lui rappela le lac. Les parties de plongée qu'il entreprenait si souvent dans son enfance. Que de fois ne s'était-il pas couché nu sur un des pontons de pêche embaumant le bois et le soleil, les jours de grosse chaleur, bercé par le frémissement des roseaux et l'eau qui clapotait sous lui, jusqu'à ce que, n'y tenant plus, il plonge la tête la première dans l'eau ou y saute jambes tendues. Il se laissait couler lentement dans l'effervescence de ses propres bulles d'air, et tout devenait de plus en plus silencieux et de plus en plus sombre autour de lui. Les piliers du ponton étaient colonisés par des forêts d'algues et de coquillages, derrière lesquelles se dressaient les roseaux. De temps à autre, un poisson émergeait de ce taillis, une tanche le plus souvent ou un omble. Quelquefois il lui arrivait même d'apercevoir un de ces poissons rares, un *Perlfisch*, qui se figeait quelques secondes, avant de disparaître dans l'obscurité d'un coup de nageoire. Le petit

Franz restait tranquillement assis au fond de l'eau à écouter le lac : il entendait le grondement des mouvements d'eau profonde, le clapotement des vaguelettes en surface, des crissements çà et là dans les roseaux, et même en sourdine, parfois, les bacs tanguer dans le lointain. Les fesses enfouies dans un champ d'algues moelleux, il voyait flotter au-dessus de lui de minuscules particules, qui chatoyaient dans les rayons du soleil. Quand, des heures plus tard, il rentrait à la maison en courant sur le chemin du rivage, le soleil couchant dans la figure, il gardait en lui une petite nostalgie de ce monde vert et silencieux.

« S'tu veux prendre racine, va l'faire dehors ! »

C'était une vieille voix de crécelle. Juste devant lui, à peu près à la hauteur de sa poitrine, apparut la tête qui allait avec. Elle était complètement chauve, même les sourcils manquaient, ce qui, dans cet éclairage vert, lui conférait un peu l'apparence du lézard.

« Un schilling, s'tu veux voir le spectacle. Sinon, la sortie est juste là où était l'entrée. »

Franz distingua enfin le cagibi de la caisse : un rectangle exigu creusé dans le mur. Là, derrière, dans la pénombre, siégeait le lézard qui le fixait, lui, dehors.

« Un billet pour le spectacle, s'il vous plaît ! » dit-il en posant un schilling sur le petit comptoir de la caisse. Le saurien prit l'argent et lui tendit un billet d'entrée : « Le placement est libre, pas d'entracte, bon spectacle ! »

Dans la tapisserie s'ouvrit une porte dérobée, que Franz passa. L'espace qu'il découvrit était bien plus grand qu'il ne s'y attendait, et intégralement rouge. Le plafond, les abat-jour, le tapis élimé, les papiers muraux, tout baignait dans un rouge sombre et doux qui vacillait au gré des jeux d'ombre et de lumière d'innombrables bougies. Derrière un comptoir revêtu d'une glace, une fille s'affairait avec des verres et des bouteilles. Elle avait seize ans tout au plus, une cicatrice d'un doigt de long à la joue droite et un nez écrasé de boxeur. Une vingtaine de petites tables rondes étaient réparties dans la salle, peu d'entre elles étaient occupées et, à première vue dans cette semi-obscurité, exclusivement par des hommes seuls. La lumière des bougies tremblait sur une nuque chevelue, un front ridé, une main laborieuse au dos de laquelle collait encore la glaise sèche, le col usé de la veste d'un vieil homme.

Franz s'installa à une table libre, la fille vint prendre la commande, il demanda une blonde pression. Elle apporta la bière, posa sans un mot une coupe de noisettes devant lui et s'éclipsa derrière le comptoir. Quelques minutes s'écoulèrent, puis un projecteur s'alluma, éclairant à l'autre bout de la salle une scène minuscule, constituée de quelques planches. Une porte s'ouvrit, et un petit homme en smoking pénétra dans la lumière. Il était maigre et ridé, mais, en dépit de son âge, débordant d'énergie. Il s'inclina en souriant, bascula en avant sans prévenir, effectua une pirouette acrobatique, retomba sur ses pieds, droit comme un I, et commença à parler. Il parlait de la situation dans cette bonne ville de Vienne, de cette immense école maternelle dans laquelle le petit Schuschnigg et ses camarades auraient tant aimé s'ébattre, mais n'en avaient plus le droit depuis longtemps ; des petits nazis qui adoraient se tabasser avec les petits socialos dans le bac à sable, et des petits cathos qui les regardaient sans piper en faisant dans leurs couches, et allaient tout rapporter ensuite aux maîtresses de la Grande Allemagne. Il débitait un staccato effréné, sans reprendre haleine apparemment ni jamais perdre le sourire. Tout à coup, une décharge secoua son corps, et il tomba à genoux. D'un geste lent et théâtral, il joignit les mains, leva les yeux vers le projecteur et se mit à prier :

Mon Dieu, m'laisse rien dire tout haut,
Qu'j'aille pas finir à Dachau.
Mon Dieu, bouche-moi les oreilles,
Que j'croie à toutes ces merveilles,
Mon Dieu, bande-moi bien les yeux,
Que je croie à c't'avenir radieux.
Car aveugle, sourd et muet,
D'Adolf je s'rai le préféré…

Les hommes rirent, certains applaudirent, l'un d'eux fit signe à la serveuse, un autre lui lança quelques compliments grivois. Franz rit aussi. Bien qu'en fait il ne fût pas certain d'avoir tout compris. Mais c'était si comique, ce petit homme à genoux sur les planches, là-devant, qui levait humblement les yeux vers le plafond ! Exactement comme ces grenouilles de bénitier à fichu noir, à chapelet et à missel, qui venaient s'agenouiller devant l'autel de la chapelle de Nussdorf, se dit Franz en enfournant trois noisettes d'un coup. Sur scène, le spectacle se poursuivait déjà.

L'homme se propulsa de nouveau en station debout et se détourna un instant pour s'affairer sur son visage à gestes rapides. Quand il refit face au public, un murmure parcourut la salle. Dans le halo scintillant de poussière du projecteur se tenait Adolf Hitler. Une raie dans les cheveux, un trait de khôl sur les yeux et un rectangle collé à la lèvre supérieure avaient suffi à transformer l'homme en smoking en chancelier du Reich allemand. Les yeux de Hitler brillaient comme ces coquillages sombres que Franz cueillait autrefois sur les tiges des roseaux, pour les ouvrir et les donner aux chats ou les écraser sur les cheveux des filles. Il joignit les talons d'un claquement sec, leva le bras pour saluer et pointa le menton en avant. Franz ne put s'empêcher de penser au professeur, dont le menton semblait toujours devancer un peu le reste du corps. C'était drôle, il venait peut-être de découvrir là un petit point commun entre ces deux hommes, pourtant vraiment fort différents. Hitler demanda d'un geste impérieux le silence dans le public et entama un discours. Il y était question de la sottise de l'Orient et de la farouche résistance que lui opposait courageusement la race aryenne, de la nécessité de sauver l'Autriche de la malignité des Balkans et l'Europe de la voracité du bolchévisme, de préserver le monde de l'insatiable avidité de la juiverie internationale, et cetera. C'était dit avec élan et pouvait paraître encore assez plausible, tout compte fait. Mais, pris d'une sorte de rage, le petit homme s'échauffait de plus en plus en parlant, et bientôt le flot de paroles intelligibles du début fit place à des hurlements inarticulés et complètement hachés. Le chancelier du Reich glapissait et vociférait maintenant en postillonnant à l'envi. Il rentrait la tête dans les épaules, sa mâchoire broyait le vide, et il montrait les dents. Dans le même temps, il se recroquevillait, penchait le buste, pliait les genoux, courbait le dos et serrait les poings, les mains crispées. Un filet de salive scintillant pendait de sa lèvre inférieure et gouttait sur les planches. Il s'écroula à quatre pattes et fixa le public avec des grondements sourds. Son arrière-train s'abaissa, il prit une inspiration en émettant un bruit rauque et banda les muscles, prêt à bondir. Mais la fille à la cicatrice se dressa brusquement devant lui. « Couché ! » lui intima-t-elle calmement, et il obéit. Il coucha sa tête entre ses pattes de devant en geignant et leva les yeux vers elle. Elle haussa la main et fit mine de frapper à pleine paume ce visage de chien stupide. Mais elle sourit. « Brave Adi, bon chien », dit-elle en le grattant affectueusement derrière l'oreille. Puis elle tira une laisse de la poche de son tablier, la lui passa autour du cou et se dirigea vers la sortie sous les applaudissements du public, l'animal à ses pieds. Juste avant d'atteindre la porte, Adi sauta sur ses pattes, arracha la petite moustache de sa lèvre et gratifia la serveuse d'une bise claquante sur la joue. Ils saluèrent de conserve, et le présentateur annonça le numéro suivant :

« Mesdames et messieurs, ou plus exactement messieurs sans mesdames, j'ai l'immense joie de vous annoncer une sensation mondiale de toute première classe ! Derrière les déserts vibrants de chaleur du Nouveau Monde, au milieu des espaces infinis de la prairie, là où hurlent les coyotes et où l'aigle plane majestueusement dans le ciel, là où, chaque soir, la poussière des grands troupeaux de bisons vient obscurcir la pourpre du couchant, en un lieu si retiré que peuvent l'être l'enfer ou le paradis, où les saumons se jettent par dizaines dans la gueule avide de l'ours et où le serpent à sonnette guette sournoisement sous la pierre brûlante, c'est là que nous l'avons trouvée : nue et sans défense dans l'herbe folle, livrée aux impitoyables forces de la nature, petite fille d'homme esseulée, cœur frémissant dans un corps de jeune femme s'éveillant à la vie, dernière survivante d'un monde disparu bien antérieur à notre civilisation, où l'humanité vivait encore entièrement libre dans la nature, s'adonnant à l'instant présent sans tabou ni péché ni pudeur. Messieurs, je vous prie de saluer avec moi ici, ce soir, N'Tschina, la beauté farouche qui vient du pays des Indiens… ! »

Les hommes calèrent leur fessier dans leur siège, avalèrent une dernière gorgée de bière et léchèrent la mousse sur leurs lèvres. Entre-temps, la fille à la cicatrice avait poussé sur la scène une table roulante avec un gramophone géant. Le présentateur mit un disque et abaissa délicatement le bras de l'appareil. Un grondement mystérieux s'échappa des profondeurs du pavillon, puis la musique commença. Franz retint son souffle. Une petite noisette glissa de sa bouche et retomba dans la coupe. Jamais il n'avait rien entendu de semblable. Le gramophone semblait produire les sons au prix d'un effort douloureux, le rythme était lent et lancinant, la mélodie pleine de mélancolie et ponctuée par moments d'un son aigu. Puis suivit un chant. Impossible de savoir si la voix était celle d'un homme ou celle d'une femme. Elle était basse, rauque, cassée. Un chuchotement, une plainte, un sanglot qui évoquait un pays lointain et, par un hasard étrange, était venu se perdre dans cette grotte enfumée du Prater. Un instant, Franz eut l'impression qu'au plus profond de lui s'ouvrait un espace infiniment vaste, gorgé de tristesse. C'est drôle, se dit-il en fermant les yeux, mais Dieu sait pourquoi, cet espace infiniment vaste, gorgé de tristesse, n'est pas si rébarbatif. On pourrait peut-être s'y laisser tomber, se laisser couler lentement tout au fond de soi, pour ne plus jamais remonter à la surface.

Mais le bras du gramophone sauta en grinçant sur le disque, la voix trébucha, et Franz rouvrit les yeux. Devant lui, en plein dans la lumière du projecteur, se dressait l'Indienne. Elle tournait le dos au public, sans bouger. Ses cheveux noirs comme de l'encre retombaient en longues mèches lisses sur ses épaules et sur son dos. Une plume était fixée à son serre-tête en cuir. Ses bras nus reposaient sur ses hanches, ses mains sur la ceinture d'une courte jupe à franges, brodée de motifs de couleur. Elle était pieds nus, les chevilles ceintes de minces anneaux de cuir où scintillaient de minuscules perles de verre. Ses jambes luisaient dans la lumière. Robustes, lisses, roses et rondes. Mais c'est au creux des genoux qu'il la reconnut. C'est dans le creux de ces genoux qu'il avait enfoui sa figure il n'y avait pas si longtemps, et ces creux, il les avait explorés du bout de la langue au millimètre près avant de s'aventurer dans les régions situées en amont. Les creux de ces genoux étaient plus moelleux que tout ce que Franz avait jamais connu. Plus moelleux que le lac un jour paisible de fin d'été, plus moelleux que la mousse du petit bois de la rive sud du lac à Nussdorf, plus moelleux même que la main de sa mère qui s'était si souvent posée sur sa joue autrefois pour le consoler, le récompenser, ou juste comme ça en passant, petite caresse fortuite.

La voix qui sortait du gramophone émit un sanglot rauque, étranglé, et Anezka commença à bouger. Un de ses pieds esquissa un petit mouvement d'avant en arrière, puis ses jambes frémirent, et ses fesses commencèrent à se balancer doucement. Elle leva les bras et les arrondit lentement au-dessus de sa tête. Les coups de tambour qui sortaient du gramophone semblaient se répercuter directement dans son corps, à chaque mesure elle répondait par un petit sursaut. Brusquement, elle se retourna. Son visage était peint de traits jaunes et rouges. Son regard lointain se perdait quelque part au-dessus des têtes des hommes. Ses cheveux recouvraient entièrement ses seins. Elle renversa la tête, rit en fixant le projecteur et écarta les bras comme pour enlacer la lumière. Puis elle commença à battre du pied en suivant la cadence lente de la musique. Les perles de verre tintaient à ses pieds et la plume sur sa tête tressautait en mesure. Franz vit une goutte de sueur glisser sous la racine des cheveux, rouler sur son front et rester suspendue à ses sourcils teints en noir charbonneux. Les spectateurs s'agitaient, un homme se frappait les cuisses des deux mains, une toux rauque s'échappa de la pénombre d'une niche. Anezka battait du pied sur les planches en soulevant de petits nuages de poussière tourbillonnants, puis son corps se calmait et recommençait à se balancer doucement de-ci de-là. Soudain elle porta les deux mains à ses cheveux, les sépara et les rejeta sur ses épaules et dans son dos. C'était un geste aussi simple et aussi évident que celui d'ouvrir un rideau, mais il produisit un effet saisissant. Certains hommes se mirent à sourire béatement. D'autres se pétrifièrent. Un type lança un rire aigu. Un autre s'affala contre le dossier de son siège, comme soudain délesté d'un poids pesant. Franz avait les yeux rivés sur les seins d'Anezka. Tout récemment, il avait enfoui sa figure entre ces seins, pour souffler enfin dans ce creux infiniment doux où, bizarrement, il se sentait chez lui. Et voilà que cette poitrine s'exposait en public. Un bien commun. Une curiosité. Le pire était qu'elle avait l'air d'y prendre plaisir. Elle s'étirait dans la lumière les seins à l'air, comme si c'était tout naturel et pas déplaisant du tout. Et ce ne l'était peut-être pas ! Avec un rire aguicheur, elle renversa derechef la tête en arrière, se retourna, saisit sa jupe effrangée et l'ôta lentement. C'était comme si un astre s'était levé, salué d'un murmure ou contemplé bouche bée par ces formes attablées que protégeait l'obscurité de leurs niches. Franz sentit son cœur se nouer désespérément. Il s'empara de sa bière, pressa le verre frais contre sa tempe, puis le reposa, mit un billet de banque sur la table et quitta la grotte sans un regard de plus à la scène.

Dehors, la chaleur le surprit. Le printemps s'annonçait. Dans la cour, ça sentait le moisi et l'ordure. Franz s'assit sur une des poubelles et leva les yeux vers l'ampoule électrique jaune sale. Un petit papillon de nuit voletait follement autour d'elle. Ses ailes heurtaient parfois la douille ou le fil avec un bruit insolite de papier froissé. Mais il toucha le verre brûlant, ses ailes parurent s'embraser un instant, et il s'abattit au sol, telle une petite ombre tombée du ciel.

La grotte se vidait peu à peu. Les hommes sortaient les uns après les autres et allaient poursuivre leurs fantasmes embrumés par l'alcool en titubant dans l'étroite ruelle palissadée. Personne ne sembla remarquer Franz, même pas le lézard et la fille à la cicatrice, qui quittèrent les lieux l'un après l'autre. Anezka et le présentateur sortirent en dernier. Celui-ci ferma, posa sa main sur la joue d'Anezka et lui effleura brièvement la pommette du pouce en disant quelque chose. Elle rit tout bas et alluma une cigarette. C'est à ce moment que Franz bondit de sa poubelle. L'homme se baissa, rapide comme l'éclair, passa la main sous la jambe de son pantalon et en tira un mince couteau d'un étui de cuir fixé à son mollet.

« Reste où tu es ou je te fends la peau du nombril au menton et vice versa », dit-il posément.

La lame brillait d'une lueur mate à la lueur de l'ampoule électrique. Il y eut un silence pesant dans l'arrière-cour. Sauf dans une des poubelles, d'où montait un petit bruit de froissement.

« Range ça, Heinzi, dit Anezka, je le connais. »

Le présentateur hésita une seconde, puis refourra son couteau sous sa jambe de pantalon.

« C'est bon, Heinzi, dit-elle, faut je parle avec lui. » Il parut réfléchir un instant. Puis il fit un pas vers Franz et le regarda bien dans les yeux. Au lobe de son oreille gauche brillait une pierre taillée, qu'une minuscule flamme bleue semblait éclairer de l'intérieur. Son eau de toilette sentait la lavande.

« J'te connais pas, toi, là, et vaudrait mieux qu'on fasse pas connaissance. Tu m'as compris ? » Franz acquiesça.

« Alors tant mieux », dit Heinzi. Il jeta un rapide coup d'œil à Anezka et s'éloigna dans la ruelle.

Anezka ouvrit la bouche et laissa la fumée de cigarette s'en échapper lentement. Son visage disparut quelques instants derrière un voile bleuté.

« Qu'est-ce tu fais là, p'tit gars ? »

Franz haussa les épaules. « J'ai regardé le spectacle.

— T'a plu ?

— Moyen. Elle est vraie, la plume ?

— Aussi vraie que les cheveux.

— Et lui ?

— Qu'est-ce qu'y a avec lui ?

— Qui c'est ?

— Monsieur de Caballé.

— Je croyais qu'il s'appelait Heinzi.

— Sur scène s'appelle monsieur de Caballé. Dehors s'appelle Heinzi. Comme ça, le show, p'tit gars !

— Ah, ah. Et qu'est-ce qu'il fait exactement ?

— T'as vu. Fait show.

— Show ?

— Show, amusement, cabaret.

— Et à part ça ?

— Quoi, à part ça ?

— Après la représentation, qu'est-ce qu'il fait ?

Encore show, amusement, cabaret – avec toi, peut-être ? »

Anezka haussa les épaules, explora l'intérieur de sa bouche du bout de la langue et cracha un petit brin de tabac marron clair sur le pavé.

« C'est collègue, tu comprends ?

— Bien sûr que je comprends, s'écria Franz, je comprends trop bien, même ! Je vous ai vus sortir de votre planque en roucoulant comme deux tourtereaux !

— Roucoulant ?

— En roucoulant ! Et sûr aussi que ce monsieur de Caballé n'a pas qu'un couteau dans son pantalon, n'est-ce pas ?

— Y en a qu'ont qué'qu'chose dans pantalon, y en a, z'ont pas.

— Qu'est-ce que ça veut dire, ça, maintenant ?

— Question bête, réponse bête, p'tit gars !

— Je ne m'appelle pas p'tit gars, je m'appelle Franz ! » cria Franz en donnant un coup furieux dans la poubelle, qui se renversa avec un bruit métallique, roula dans la cour en décrivant un vaste arc de cercle et s'arrêta à quelques centimètres du mur opposé.

« Tire-toi, Heinzi ! » dit Anezka calmement. Son regard s'était dirigé vers la sortie de la ruelle, où l'ombre du présentateur, qui avait resurgi un moment, se retirait maintenant sans se presser. Franz fixait les traces de saleté puante qu'avait laissées la poubelle.

« T'es à lui ? demanda-t-il, la mine sombre.

— Je suis à personne. Même pas à moi ! »

Franz regarda ses chaussures. Le cuir en était usé, fissuré, et, aux bouts, les coutures commençaient à céder. Il sentit brusquement monter en lui un petit accès de méchanceté qui refoula son désespoir.

« Cinq schilling pour voir tes fesses encore une fois, fit-il, elles doivent pas être mal sous l'ampoule électrique ! »

Il avait à peine prononcé sa phrase qu'il se sentit comme un couillon. Un petit plouc crétin, un idiot d'apprenti buraliste dont les coutures commençaient à lâcher.

« Excuse-moi, dit-il à voix basse.

— C'est bon, p'tit gars. » Anezka leva sa cigarette vers la lumière et suivit des yeux la fumée qui s'élevait à la verticale en un fil tremblant et s'évaporait en frisottant quelque part à hauteur de la gouttière.

« Je m'appelle pas p'tit gars », dit Franz d'une voix atone. Anezka balança sa cigarette et s'approcha à le toucher. Son haleine sentait la menthe et la fumée. Un long cheveu noir était accroché au col de son manteau. Elle se haussa sur la pointe des pieds et l'embrassa sur le front. Puis elle tourna les talons. Il entendit ses pas claquer un moment dans la ruelle, puis leur bruit s'estomper peu à peu. Par terre, juste sous l'ampoule électrique, gisait le papillon mort. Franz se baissa, le ramassa du bout des doigts et l'enveloppa délicatement dans un mouchoir.

(Carte postale avec une profusion de roses magnifiquement épanouies et trois pigeons d'un blanc neigeux dans le Stadtpark.)

Chère maman,

Hier je n'en pouvais plus pour x raisons et j'ai été à la Westbahnhof acheter un billet pour Timelkam – un aller simple. L'employée qui était au guichet a juste dit deux schilling, s'il vous plaît, en continuant à se faire les ongles.

Et là, il s'est passé une chose bizarre, le je-m'en-foutisme de cette bonne femme a excité mon esprit de contradiction. Et je lui ai dit que son billet, elle pouvait se le mettre où je pense, et je suis reparti. Parce qu'il ne faudrait pas que ce je-m'en-foutisme commence à faire tache d'huile, je me suis dit. Et puis, et le tabac dans tout ça ? Et l'Otto Tresniek ? Et le professeur ?

On a quand même des responsabilités, maintenant, n'est-ce pas ?

Ton fils Franz.

(Carte postale avec une famille de canards au premier plan et, derrière, le Schafberg nimbé de rose dans le soleil du matin.)

Cher Franzl,

Je crois que je vois assez bien quelles sont tes « x raisons ». Mais permets-moi de te dire une chose : les raisons d'aujourd'hui, demain, ce seront déjà celles d'hier, et au plus tard après-demain, tu les auras oubliées.

J'aurais sûrement eu un arrêt du cœur, de joie, si je t'avais vu surgir tout à coup à la fenêtre de la cuisine. Mais n'empêche que je suis fière de toi, justement parce que tu n'es pas parti. Tu l'as dit, on a des responsabilités ! Surtout vis-à-vis de soi et de sa conscience.

Et de toute façon, on revient toujours assez tôt à la maison.

Je t'embrasse bien fort.

Ta maman qui t'aime.

« Je suis une nullité. Une saleté minable. Un rebut du genre humain. Une poubelle qui déborde de mauvaises pensées, de mauvais sentiments, de mauvais rêves. Voilà. Et par-dessus le marché je suis laide. Hideuse. Répugnante. Et grosse. Dieu, que je suis grosse ! Grosse, grasse, lourde ! Un hippopotame ! Une tonne de graisse. Une baleine. Un éléphant boulimique. À ma mort, je laisserai une mare de graisse. Ah, si seulement j'étais morte, monsieur le Professeur ! Si seulement, je pouvais en avoir fini avec tout cela, en avoir terminé une bonne fois ! »

Mrs Buccleton éclata derechef en sanglots. Son menton tremblait, ses joues flageolaient, son corps entier était agité de soubresauts. Le fait est qu'elle avait un surpoids important et qu'elle n'avait rien d'une beauté non plus. Outre sa corpulence, le seul trait marquant de sa physionomie était ses yeux d'enfant bleu pâle, généralement écarquillés, qui semblaient prêts à se remplir de larmes à la moindre occasion. L'hystérie de Mrs Buccleton était un cas de figure classique, absolument exemplaire. Américaine, richissime, âgée de quarante-cinq ans, elle était originaire d'une petite ville ensoleillée et mortelle du Midwest. Adulée par un père disparu prématurément, rejetée par sa mère, trompée et abandonnée par ses deux époux, elle avait tenté d'enterrer cette vie de désolation sous des montagnes de fromage de tête, de pâtés et de tartes à la crème. Elle était la patiente de Freud depuis quelques mois et progressait médiocrement. Elle arrivait en femme du monde, la tête haute, mais, à peine débarrassée de sa veste en loden coupée sur mesure par un spécialiste des grandes tailles dont la réputation s'étendait bien au-delà des limites de la ville, elle se laissait choir sur le divan, la respiration un peu sifflante sous l'effort, et se métamorphosait en fillette pleurnicharde et désemparée, maculant de traces de larmes et de fard les précieuses housses du sofa pour tout arranger. Curieusement, le professeur Freud l'aimait bien tout de même. Quelque chose lui disait que cette attitude horripilante et cette couche de graisse cachaient un esprit bien trempé et un cœur aimant. Qui plus est, elle payait rubis sur l'ongle et en dollars.

« Continuez », dit-il. Comme toujours, il était assis à la tête du divan et contemplait les extrémités de ses chaussures qui se soulevaient et s'abaissaient imperceptiblement sur le sol.

« Et je grossis à vue d'œil ! poursuivit Mrs Buccleton. J'ai encore pris des kilos ce mois-ci. Mes vêtements ne me vont plus. Ou plutôt c'est moi qui ne leur vais plus, je n'y entre plus. Mais, à force, j'ai honte d'aller chez le tailleur. D'ailleurs j'ai honte d'aller où que ce soit. J'ai honte de mon reflet dans la glace. Et surtout j'ai honte d'être là devant vous sur ce divan, monsieur le Professeur ! »

Freud se rencogna un peu plus dans son siège. À dire vrai, la seule raison qui l'avait fait se dissimuler derrière la tête du divan pendant ces innombrables séances d'analyse, toutes ces années, c'est qu'il ne supportait pas d'être fixé une heure durant par ses patients, ni de devoir, lui, contempler leurs visages implorants, fâchés, désespérés ou altérés par quelque autre sentiment. Ces derniers temps notamment, il se sentait souvent dépassé par ces heures de cure épuisantes et observait avec un sentiment d'impuissance croissant cette souffrance qui semblait prendre, chez chacun d'entre eux, des dimensions absolument cosmiques. Comment avait-il bien pu avoir l'idée folle de vouloir comprendre cette souffrance et, en outre, qu'il pourrait l'apaiser ? Quel mauvais génie l'avait poussé à consacrer la majeure partie de sa vie à la maladie, à la tristesse et à la détresse ? Quand il aurait pu rester physiologiste et continuer tranquillement à manier le scalpel et à découper des cerveaux d'insectes en petites lamelles ! Ou écrire des romans, de passionnants récits d'aventures qui se seraient déroulés dans de lointains pays ou des temps immémoriaux. Au lieu de quoi, il se retrouvait maintenant assis là, à contempler dans un coin, plongé dans la pénombre, la tête ronde comme une bille de Mrs Buccleton. Ses cheveux décolorés grisonnaient aux racines, et les ailes de son nez palpitaient tandis qu'elle reniflait doucement. Vu d'ici, le nez de Mrs Buccleton ressemblait à un petit animal replet qui tremblait de tous ses membres, abandonné dans une région inhospitalière. Il y avait là quelque chose qui émouvait Freud. Et, dans le même temps, il s'irritait de s'en émouvoir. C'était toujours ce genre de détails d'apparence insignifiante qui lui faisait oublier la distance péniblement instaurée vis-à-vis de ses patients : le mouchoir froissé dans la main du président-directeur général, la perruque qui avait glissé sur la tête de la vieille institutrice, un lacet ouvert, un léger bruit de déglutition, quelques paroles en l'air ou là, maintenant, le nez palpitant de Mrs Buccleton.

« Donc vous avez honte, dit-il. De quoi avez-vous honte ?

— De tout. De mes jambes. De ma nuque. Des taches de sueur sous mes aisselles. De ma figure. De mon allure en général. Même chez moi, toute seule dans mon lit, j'ai honte. J'ai honte de tout ce que je fais, de tout ce que j'ai et de tout ce que je suis.

— Hum, fit Freud, et qu'en est-il du plaisir ?

— Pardon ?

— Qu'en est-il du plaisir ? N'éprouvez-vous pas aussi parfois quelque chose qui ressemble à du plaisir ? »

Mrs Buccleton réfléchit. Dehors dans la cour, quelqu'un ouvrit une fenêtre, deux voix féminines échangèrent quelques criailleries, puis le silence revint. Freud laissa errer son regard sur sa collection d'objets antiques. Il faudrait faire la poussière, se dit-il, à fond, même. Le cavalier en terre cuite en avait déjà une fine couche sur le crâne, et il crut même apercevoir, chatoyant doucement, un fil de toile d'araignée pendu à l'oreille gauche du gardien chinois. Peut-être son buste à lui se retrouverait-il un beau jour dans une pièce inconnue, attendant silencieusement le chiffon qui viendrait ôter la poussière de sa calvitie !

« Je ressens du plaisir quand je mange, dit Mrs Buccleton, quand je mange de gros morceaux de gâteau, par exemple.

— Oh, dit Freud, dont le menton s'affaissait insensiblement sur sa poitrine.

— Voilà, c'est bien ce que je disais ! s'écria Mrs Buccleton en levant les bras en l'air d'un geste triomphant.

— Ce que vous disiez ?

— Vous me méprisez !

— Qu'est-ce qui vous fait penser cela ?

— Votre "oh" avait un petit accent méprisant ! Dépréciateur et méprisant ! D'ailleurs vous avez laissé retomber votre tête sur la poitrine. Croyez-vous que je ne l'aie pas remarqué ? Je connais le bruit que font vos poils de barbe sur votre col. »

Involontairement, Freud se redressa dans son fauteuil et pointa le menton. L'instant d'après, il s'agaçait à nouveau de ce bref instant de désarroi, de ce ridicule sentiment d'être pris sur le fait comme un écolier surpris à faire des grimaces dans le dos de la maîtresse.

« Chère Mrs Buccleton, permettez-moi de vous dire ceci, gronda-t-il un peu, non sans déployer toutes les réserves d'amabilité dont il disposait : mon "oh" n'avait aucun accent, il n'était ni méprisant ni dépréciateur. Ce "oh" n'était rien d'autre que l'expression sonore de mon attention. Et si ma tête cède de temps à autre à la force de pesanteur, je vous prie de bien vouloir l'en excuser. Elle a maintenant plus de quatre-vingts ans, elle a beaucoup travaillé dans sa vie et repose, de plus, sur une rangée de vertèbres cervicales assez vermoulues.

— Je suis désolée, monsieur le Professeur, renifla Mrs Buccleton, penaude.

— Et pour en revenir à ce qui nous occupe, chère madame, poursuivit Freud d'un ton strict, la honte et le plaisir sont pour ainsi dire frère et sœur, ils cheminent dans la vie main dans la main – pour peu qu'on les laisse faire. Pour d'obscures raisons qui sont encore dissimulées dans votre passé, mais qu'avec votre aimable concours je me propose de mettre en lumière très prochainement, en ce qui vous concerne, un seul des membres du couple fraternel s'épanouit, tandis que l'autre s'étiole et ne rentre guère dans ses droits hormis dans l'enceinte de quelque pâtisserie.

— Vous croyez ?

— Je le crois.

— Mais que puis-je faire pour redonner ces droits à cette pauvre chose ? » demanda Mrs Buccleton, pleine d'espoir.

Freud se pencha en avant, croisa les bras sur sa poitrine et plongea son regard perçant dans les yeux de sa patiente : « Arrêter de manger des gâteaux ! »

En poussant un gémissement de douleur qui émanait du tréfonds de l'âme, Mrs Buccleton agita tant et si bien son corps pesant que les pieds du divan se mirent à craquer, le parquet à trembler, et la légion d'objets antiques à gémir et tressauter sur les rayonnages comme s'ils s'éveillaient enfin à la vie après tous ces siècles d'immobilité.

Après le départ de Mrs Buccleton, le professeur resta un bon moment à la fenêtre à regarder en bas dans la cour. Ces derniers jours, la température s'était réchauffée, la neige avait fondu depuis longtemps, et les marronniers allaient bientôt bourgeonner. La veille, Schuschnigg avait harangué son peuple dans un grand discours. À Innsbruck, sa ville natale, il était apparu en costume tyrolien et avait demandé à ses auditeurs si, lors du plébiscite du 13 mars, ils se prononceraient pour « une Autriche libre, allemande, indépendante, sociale, chrétienne et unie ». Et, pendant que plus de vingt mille de ses partisans hurlaient leur assentiment dans l'air pur des montagnes tyroliennes, Adolf Hitler, sans doute posté devant la radio quelque part à Berlin, devait se lécher les babines. On lui servait l'Autriche sur un plateau, telle une belle escalope viennoise toute fumante. Le temps était venu de n'en faire qu'une bouchée. À Vienne, le discours de Schuschnigg avait été suivi de violents affrontements entre ses partisans et ses adversaires. Les patriotes l'acclamaient dans toute la ville en hurlant : « Heil Schuschnigg ! » et « Nous votons oui ! ». Mais, forts d'une masse silencieuse dans leur dos, les nationaux-socialistes sortaient de leurs trous et se répandaient à grand bruit dans les rues en criant : « Heil Hitler ! » et : « Un peuple, un Reich, un Führer. » Jusqu'aux premières heures de l'aube, les hurlements des divers groupuscules rivalisèrent dans un furieux concert d'aboiements.

En bas dans la cour parut madame Szubovic, l'épouse du concierge friande de ragots ; elle fit un signe de tête au professeur et se mit à disperser du poison pour les pigeons dans les coins. Freud feignit de ne pas l'avoir vue et recula précipitamment d'un pas dans la pièce. Sur son bureau s'empilaient les lettres encore sans réponse. Le monde entier semblait attendre quelque chose de lui. Les gens se consacraient à leurs petites affaires, à cent lieues de réaliser que la terre brûlait sous leurs pieds. Il s'empara d'une des lettres qui lui paraissaient les plus insignifiantes et l'ouvrit : « Monsieur le Professeur ! L'année prochaine va paraître dans notre maison d'édition Erdenwerk (Travail de la terre), connue et appréciée d'un large public, une anthologie dont le titre provisoire est : *Nos vergers, lieux où l'âme vient se ressourcer.* À cette occasion, monsieur le Professeur, nous nous permettons de vous demander [...] un petit essai sur ce sujet ou, à défaut, quelques phrases d'introduction... » D'un geste las, il froissa la lettre et la lança en direction de la corbeille. La petite boule rebondit sur le rebord, roula sur le parquet et atterrit juste à ses pieds. Il fut tenté un instant de la faire valser dans la pièce d'un coup de pied, mais à ce moment précis on toqua à la porte. Ce ne pouvait être que sa fille Anna. Martha frappait, Anna toquait.

« Qu'est-ce qu'il y a ? grommela le professeur.

— Il est encore là.

— Qui ?

— Le petit buraliste. »

Le visage de Freud s'éclaira. À vrai dire, il s'était toujours senti un peu gauche, un peu déplacé, en présence des soi-disant « petites gens ». Or, avec ce Franz, ce n'était pas le cas. Ce garçon était en pleine éclosion. Et autrement que ces fleurs au crochet pâlies et usées par les décennies et les postérieurs des patients, qui ornaient toutes ces couvertures dont sa femme drapait avec tant de soin le divan et dont la fibre grossière semblait attirer magiquement toute la poussière de la ville ! Non, en ce jeune être puisait la vie dans toute sa fraîcheur, dans toute sa vigueur, une vie qui avait gardé une certaine candeur. En outre, l'énorme différence d'âge entre eux instaurait d'emblée la juste distance, celle qui, avec la plupart de ses semblables, lui permettait seule, en fin de compte, de supporter une relative proximité. Franz était tout jeune, le monde du professeur en revanche vieillissait de jour en jour. Même sa fille dont il brossait encore les dents de lait assis sur le rebord de la baignoire pas plus tard qu'avant-hier, lui semblait-il, avait maintenant dépassé la quarantaine ! Sans parler de ses patients ou du reste de la famille ou des quelques rares amis qui étaient encore là. À tout petits pas de senior, on trottinait lentement mais sûrement vers la pétrification, vers ce jour où, sans tambour ni trompette, on irait prendre place dans sa propre collection d'objets antiques.

« Papa ? » Anna était entrée dans la pièce sans toquer une seconde fois. Une fois de plus, elle portait des pantalons. Le professeur détestait les pantalons sur les jambes des femmes. Particulièrement sur celles de sa fille. Mais c'était là un domaine où il valait mieux ne pas se frotter à Anna, libre à elle donc de porter ses pantalons si cela lui chantait. Tant qu'elle ne sortait pas avec !

« Il est encore sur le banc ? »

Anna acquiesça. « Depuis environ une heure et demie.

— Il a apporté quelque chose ?

— Je n'en sais rien. Mais, de toute façon, tu ne devrais plus sortir de la maison !

— Et pourquoi donc ?

— Tu le sais très bien ! »

Freud haussa les épaules. Bien sûr qu'il le savait. Il était vieux. Il était malade. Il était juif. Et il y avait trop de racaille dans les rues. Mais pas question de capituler devant des événements qui n'avaient même pas encore vraiment commencé ! Encore moins devant sa propre fille.

« Non, je ne vois pas ! dit-il, buté. Et maintenant, va me chercher mon manteau et mon chapeau ! » Anna sourit. Elle fit un pas vers son père et le saisit au menton. Il ouvrit la bouche et elle glissa son pouce avec précaution entre ses mâchoires. Du bout du pouce, elle appuya sur la partie postérieure de la prothèse. Il y eut un craquement, un déclic, et il esquissa une grimace de douleur.

« Elle est en place », dit Anna après avoir jeté un coup d'œil dans la cavité buccale. Elle retira son pouce, l'essuya dans son mouchoir, se haussa sur la pointe des pieds et embrassa vite son père sur les deux joues.

« C'est bon, c'est bon », marmonna-t-il en reculant d'un pas et en se frottant la barbe. Au cours des décennies, il avait appris à s'accommoder de la douleur physique, peut-être parviendrait-il un jour à se faire aux manifestations de tendresse.

« Sois prudent ! » dit Anna. Puis elle se pencha, ramassa la lettre chiffonnée des amateurs de vergers et l'expédia dans la corbeille d'un geste sûr.

Au moment où Franz, se disposant à braver toutes les règles de la bienséance viennoise, levait les jambes pour s'étendre de tout son long sur le banc en prévision d'une assez longue attente, le portail s'ouvrit de l'autre côté de la rue, et le professeur parut. Comme la première fois, il traversa d'un pas légèrement vacillant mais assez hardi, et marcha droit sur le banc.

« Il ne t'est jamais venu à l'idée de sonner ? demanda-t-il. Cela pourrait faciliter les choses.

— L'idée m'en est bien venue, répondit Franz qui s'était levé précipitamment pour aller à la rencontre de Freud, mais je n'osais pas vous déranger !

— On est parfois bien obligé de déranger les gens, quand on veut avoir affaire à eux ! dit Freud en lui tendant un petit paquet soigneusement plié dans du papier de soie. Voici ton écharpe : elle est lavée, repassée, et elle embaume autant qu'une roseraie. Ces dames se sont surpassées !

— Je les remercie de tout cœur et vous prie de saluer respectueusement le premier étage de ma part, monsieur le Professeur ! Mais vous ne voulez pas vous asseoir ? demanda Franz en esquissant un geste d'invite.

— Non merci, dit Freud en coulant un regard

discret vers le premier étage et la fenêtre du salon où se mirait la clarté du ciel printanier. Aujourd'hui, on va aller se promener ! »

Ils remontèrent la Berggasse, prirent la Währingerstrasse sur leur gauche, firent le tour de l'église votive et continuèrent vers l'hôtel de ville. Il faisait doux, il ne neigeait plus depuis des semaines, et, dans le parc de l'église, les lilas fleurissaient déjà, tout à fait prématurément. Une brise chaude s'était levée, éparpillant à travers les rues des quantités de tracts qui invitaient à voter le dimanche suivant. On y lisait : *Oui à l'Autriche* et *Rouge-blanc-rouge à la vie à la mort !* Franz avait fourré le petit paquet avec l'écharpe sous sa chemise, où il lui réchauffait le ventre en crissant doucement. Ces dames se sont surpassées, se disait-il, fier comme Artaban, en se défendant de plastronner ouvertement. Il ne cessait d'observer du coin de l'œil le professeur, qui cheminait à petits pas à côté de lui. Sa canne martelait le pavé à une cadence régulière, comme s'il devait d'abord reconnaître sa route en tâtonnant. Il avait le souffle court, inégal, et chuintait un peu en expirant. Franz se retenait de laisser échapper de petits gloussements de plaisir. Ou même d'éclater d'un rire joyeux. À vrai dire, au contact des gens réputés « intelligents », il avait toujours eu l'impression d'être un peu emprunté, un peu déplacé. Mais, avec le professeur, c'était différent. Ce vieux monsieur était bien plus qu'intelligent. Il faut dire qu'au bord du lac on passait pour

« cultivé » dès qu'on parvenait à déchiffrer à peu près les gros titres de la gazette communale ou les fiches horaires de la gare de Timelkam. Et même tous ces docteurs et ces professeurs de Vienne, Munich ou Salzbourg, qui s'échouaient l'été sur les rives du lac pour y rôtir leurs bedaines couleur d'aspirine et divaguaient allègrement après quelques bières au Léopold d'or, s'avéraient être des natures plutôt simplettes en fin de compte, pour ne pas dire totalement dépourvues d'esprit. Alors que, le professeur, il était tellement futé qu'il était capable d'écrire lui-même les livres qu'il avait envie de lire. C'est la pure vérité, se disait Franz en souriant par-devers lui, tandis qu'ils cheminaient côte à côte à l'ombre des longs bâtiments de l'université. Mais il y avait autre chose. Une pensée qui avait surgi en lui causant une petite frayeur et s'était muée en un sentiment moins fugace, qui se propageait rapidement tout au fond de lui. Un sentiment qui revendiquait sa place maintenant, là dans sa poitrine, et qui – c'était clair – ne se laisserait pas évincer si facilement : il éprouvait de la compassion pour le professeur. Beaucoup de choses en lui, curieusement, l'émouvaient. La mâchoire tordue, par exemple. Le dos toujours un peu voûté. Les minces épaules anguleuses. Les vieux doigts secs et tavelés, crispés sur le pommeau de sa canne. Cette histoire de vieillissement, vraiment quelle misère, se disait Franz avec mélancolie et non sans une certaine colère. À quoi vous servait toute cette intelligence si le temps finissait par avoir votre peau, de toute façon ?

Devant l'hôtel de ville, des enfants et des adolescents formaient de petits groupes. Ils erraient dans les coins, obstruaient les trottoirs en se tenant par le bras ou traversaient la place en riant et en criant, agitant leurs casquettes et de petits fanions avec des croix gammées. Quelques policiers postés çà et là regardaient cette agitation, les bras croisés derrière leur dos. Un gamin de la communale en culottes courtes glapit : « Sieg Heil ! », avant de s'affaler dans l'herbe, bras et jambes écartés. Dans la Ringstrasse grondait la circulation dense des vendredis après-midi. Les moteurs pétaradaient, les sabots des chevaux résonnaient sur le pavé, les cochers de fiacre claquaient de la langue et faisaient siffler leurs minces fouets dans l'air. Les trottoirs étaient peuplés de gens dont les conversations se mêlaient confusément. Il faisait chaud, le soleil brillait, il soufflait une petite brise agréable. On allait vers le week-end, on allait de l'avant, il en allait de l'avenir, quelque chose bougeait dans la ville, dans le pays, dehors dans le monde. Un camion diesel chargé d'un groupe d'ouvriers passa en cahotant lentement. Les hommes brandissaient leurs couvre-chefs en hurlant des slogans contre Hitler et en l'honneur de la classe ouvrière autrichienne. Un des hommes sauta du véhicule en marche pour rattraper sa casquette qu'il avait lancée en l'air et que le vent avait entraînée. Il se récupéra mal, chuta et resta couché sur le flanc sans bouger. Un petit attroupement se constitua sur-le-champ autour de lui. Le camion, lui, poursuivit sa route.

Franz et le professeur laissèrent le Burgtheater à main gauche et entrèrent au Volksgarten. Là aussi les lilas étaient en fleur. Les grandes haies et les arbres étouffaient le bruit de la rue, une fraîcheur humide montait de la terre foisonnant d'une herbe drue. Franz n'était encore jamais venu ici. Il aurait bien aimé faire un petit tour et inspecter les lieux, surtout, il aurait voulu pouvoir se réfugier sous un buisson avec le professeur et parler tranquillement de toutes sortes de choses dans la pénombre verte. Mais Freud mit sans hésiter le cap vers l'autre extrémité du parc, où ils trouvèrent un banc libre dans une niche de la haie, sous un vieux marronnier, et s'y installèrent. Franz passa une main délicate dans la poche de sa veste et en extirpa un fantastique Hoyo de Monterrey. Freud prit le cigare qu'on lui tendait, le tint un moment levé devant son visage et en contempla les contours avant de le glisser dans sa bouche et de l'allumer. Pendant la promenade, ils n'avaient pas dit un mot, et ils continuaient à se taire, assis l'un à côté de l'autre. Le professeur soufflait de petits nuages de fumée dans l'air, tandis que ses mâchoires émettaient de petits craquements. Quelque part au loin, on cria : « Heil Hitler ! » Des acclamations retentirent. Des éclats de rire. Puis à nouveau leur parvinrent de la rue les bruits étouffés de la circulation.

Le professeur s'adossa contre le banc, réprima un gémissement, regarda la masse de feuilles trouée de taches de soleil éblouissantes en clignant des yeux et dit enfin : « Tu ne lésines pas sur le prix de nos rencontres !

— Comment ça, monsieur le Professeur ?

— Un cigare de cette qualité n'est pas précisément donné.

— C'est parce qu'il est récolté par des hommes courageux sur les rives fertiles du fleuve de San Juan y Martínez et délicatement roulé à la main par de belles femmes, dit Franz en hochant la tête avec sérieux.

— Encore que, en l'occurrence, je ne m'explique pas vraiment pourquoi le courage est censé constituer la qualité la plus éminente des cultivateurs de tabac cubains, lui opposa Freud. Mais c'est un détail. Et puisqu'il est question de belles femmes : j'espère que tes efforts envers le beau sexe ont été couronnés de succès. Quelle que soit la forme qu'ait pu prendre ce succès.

— C'est justement de ça que je voulais vous parler, dit Franz, amer. En fait, mes efforts n'ont servi à rien. Quoique… d'un côté, je n'en suis pas complètement sûr. Je n'en sais rien. En fin de compte, je ne sais absolument rien !

— En convenir est un premier pas sur le chemin aride qui mène à la sagesse, répondit Freud.

Mais essayons d'y voir un peu plus clair dans cette mystérieuse affaire : l'as-tu cherchée ?

— Oui, monsieur le Professeur.

— L'as-tu trouvée ?

— Oui, monsieur le Professeur !

— Lui as-tu demandé son nom ?

— Oui, monsieur le Professeur !

— Faut-il te tirer un à un les vers du nez ?

— Non, monsieur le Professeur, elle s'appelle Anezka !

— Elle vient de Bohême ?

— Oui. D'un village très joli, nommé Dobrovice, dans le district Mladá Bolesla, et qui se blottit contre la colline Viničný comme dans les bras d'un amoureux aux cheveux noirs.

— Une colline qui ressemble à un amoureux aux cheveux noirs ? »

Franz acquiesça tristement. Freud sortit une allumette de sa boîte, l'alluma et la tint délicatement contre le bout incandescent qui menaçait de brûler de manière inégale.

« La cuisine de Bohême est véritablement un délice, dit-il en contemplant pensivement son Hoyo qui se consumait maintenant dans les règles.

— Oui, un délice... » murmura Franz. De l'autre côté d'un massif de rosiers encore dénudé passaient deux dames marquées par les ans, elles jetèrent des regards acérés à ces deux individus qui occupaient sans vergogne leur banc attitré. Dans la direction opposée, un gardien approchait d'un pas nonchalant. Il salua en effleurant de la main la visière de sa casquette et entreprit de fouiller avec un mince bâton la poubelle placée à côté du banc.

« Que ces messieurs fassent excuse, expliqua-t-il incidemment, c'est à cause des bombes, pardi. Et bien sûr de tous ces objets interdits par les services municipaux. »

De quels objets s'agissait-il exactement, s'enquit Freud.

Le gardien du parc haussa les épaules. Ça, on ne savait pas exactement, on le saurait quand on en aurait trouvé un.

Mais pourquoi pensait-on trouver précisément dans les poubelles du Volksgarten des bombes ou des objets suspects, demanda Freud.

Et pourquoi pas, objecta le gardien du parc, pourquoi pas justement dans les poubelles du Volksgarten ? En fin de compte, on n'était pas dans le cerveau des poseurs de bombe. Mais il fallait l'excuser maintenant, le Volksgarten n'était pas précisément petit, et à Vienne ce n'étaient pas les poubelles qui manquaient. Bonne fin de journée à ces messieurs, et au revoir.

« Bien, dit Freud quand le gardien eut disparu derrière la haie, et que s'est-il passé au juste entre toi et cette Anezka ?

— Je l'ai touchée, dit Franz. Et je n'avais jamais rien vécu d'aussi merveilleux.

— Je m'en réjouis. J'espère qu'elle t'a touché, elle aussi ?

— Bien entendu ! Et comment ! Partout ! Et chaque endroit qu'elle a touché me brûle encore. Tout mon corps est sur des charbons ardents ! »

Freud tapota son cigare du majeur d'un air pensif. « L'amour est un incendie de forêt que personne ne veut ni ne peut éteindre, dit-il en regardant les petits flocons de cendre rouler lentement sur le gravier.

— Mais moi si ! s'écria Franz en sautant du banc. Moi, je peux, je veux l'éteindre ! Je n'ai aucune envie de me consumer dans l'arrière-boutique d'un tabac et de finir réduit à un petit tas de cendres !

— Rassieds-toi et cesse de pousser des hurlements en public ! » lui intima Freud avec une sévérité soudaine. Franz obtempéra. « Et maintenant, reprenons tranquillement. Tu l'as donc revue. Tu sais comment elle s'appelle. Tu sais d'où elle vient. Vous vous êtes touchés. Et ensuite ?

— Ensuite, elle a disparu.

— Encore ?

— C'est bien le problème. Elle a tout simplement disparu. Même les femmes de la maison jaune n'ont pas pu me dire où elle était.

— Les femmes de la maison jaune ?

— Elles viennent toutes de Bohême. À part la vieille avec le cochon. »

Le professeur leva les yeux au ciel comme s'il attendait du bleu céleste quelque signe d'encouragement. Le ciel se tut. D'un geste las, il ôta son chapeau et le posa sur ses genoux.

« Si le cochon n'a pas d'incidence particulière sur la suite de l'histoire, je te saurais gré de poursuivre ton récit et de conclure, si possible avant l'apocalypse, qui, comme on sait, peut être imminente !

— Excusez-moi, monsieur le Professeur, dit Franz tout contrit. Donc elle avait disparu. Mais, au bout de quelques semaines, je l'ai retrouvée. Je me suis assis derrière un tas de gravats près de la maison jaune et je l'ai guettée, et puis je l'ai suivie. Jusqu'au Prater. Jusqu'à la grotte. La grotte est un cabaret. Ou une boîte de nuit. Ou les deux. En tout cas, elle est verte à l'extérieur, et rouge à l'intérieur qui est enfumé, étouffant, avec une foule de bougies et ainsi de suite. J'ai commandé à boire et c'est monsieur de Caballé qui est entré sur scène le premier.

— Qui ?

— En réalité, il s'appelle Heinzi. Il raconte des blagues. Il transforme Hitler en chien. La serveuse l'a emmené au bout d'une laisse, et la musique a commencé.

— Quel genre de musique ?

— Aucune idée. Assez rythmée et un peu triste aussi. En tout cas, ensuite Anezka est entrée en scène.

— Ce n'est pas trop tôt !

— Oui. Mais, en fait, ce n'était pas vraiment Anezka, mais une Indienne nommée N'Tschina. C'est-à-dire que c'était bien Anezka, mais costumée en Indienne, avec une perruque, une plume et tout le tintouin. Et elle s'est mise à danser. C'était une danse, euh, assez excitante.

— Aurais-tu la bonté de t'exprimer un peu précisément ?

— Elle s'est déshabillée. Elle a mis son ventre, sa poitrine et son derrière dans la lumière du projecteur.

— Et tu n'avais jamais rien vu d'aussi merveilleux, je suppose ?

— Oui, ça l'était. Même si je connaissais déjà tout ça. Mais ce qui est horrible, c'est que, cette fois, il y avait tout un tas d'autres hommes qui étaient là ! Toujours est-il que, moi, je suis parti et que je me suis assis sur une poubelle devant l'entrée. Un moment plus tard, elle est sortie, elle aussi. Mais pas toute seule. Monsieur de Caballé était avec elle.

— Heinzi ?

— Oui. Il a tiré un couteau de son pantalon, mais il s'est calmé tout de suite et m'a laissé tranquille. Nous avons parlé, Anezka et moi, et elle me regardait d'un air si froid ! Je l'ai détestée à cause de ça. Et, en même temps, elle me faisait de la peine. D'être obligée de mettre son derrière sous le projecteur devant ces hommes. Mais, moi, je me faisais encore plus de peine. Alors j'ai donné un coup de pied dans la poubelle et insulté Anezka, et elle m'a fait la bise et elle est partie, et un papillon de nuit est tombé du ciel, et c'était la fin, la fin, la fin de tout. »

Le professeur ferma les yeux et aspira une profonde bouffée de son Hoyo. De l'autre main, il saisit son menton et remit en place sa mâchoire inférieure en la pressant doucement d'un côté et de l'autre contre ses doigts qui résistaient. Tout à coup, il laissa sa main retomber sur ses genoux et tourna la tête vers Franz.

« Tu l'aimes ?

— Comment, monsieur le Professeur ?

— Est-ce que tu aimes cette fille du Prater ?

— Ah ! » s'écria Franz en éclatant de rire et en frappant bruyamment sa cuisse de la paume. Et il répéta son « ah ». Mais bien sûr ! s'apprêtait-il à dire. Évidemment ! voulait-il crier dans un brusque accès de gaieté insolite à la face du professeur, du Volksgarten et du monde entier. Mais quelle question ! Je vous demande un peu ! Quelle question superflue, idiote, tirée par les cheveux et complètement absurde ! Bien sûr qu'il l'aimait ! Évidemment qu'il l'aimait ! Il l'aimait, il l'aimait, il l'aimait ! Plus que tout au monde ! Plus que son propre cœur, son propre sang, plus que sa vie même ! C'est à peu près ce que Franz s'apprêtait à crier à la face du professeur. Mais, bizarrement, il ne sortit pas un mot de tout ça. Pas un mot. Pas une syllabe. Il resta tout simplement coi. Et un autre rire qui lui chatouillait la glotte l'instant d'avant lui resta aussi dans la gorge, il le sentit s'y dissoudre lentement, comme les pastilles jaunes, effervescentes, que la vieille madame Seidlmeier refilait aux enfants dans sa minuscule épicerie de Nussdorf, ces bonbons qui, au début, pétillaient merveilleusement, mais vous collaient très vite aux dents et vous laissaient un goût amer dans la bouche. Franz baissa la tête.

« Je n'en sais rien, dit-il à voix basse. Je le croyais vraiment. Mais, maintenant, je n'en sais plus rien. »

Freud hocha lentement la tête. Franz fut à nouveau frappé par sa fragilité. Une petite tête de mort anguleuse, qui semblait se balancer miraculeusement au bout d'un cou décharné. Quelques flocons de cendre s'étaient pris dans sa barbe. Il résista à l'envie de se pencher vers lui et de les extirper méticuleusement l'un après l'autre.

« Bien, déclara Freud. Je suggère que nous commencions par tirer au clair les questions de terminologie. Je suppose que quand nous parlons de ton amour, en réalité, nous pensons à ta libido.

— Ma quoi ?

— Ta libido. C'est la force qui anime les êtres humains à partir d'un certain âge. Elle procure autant de joie que de tourments, et chez les hommes, pour simplifier un peu les choses, elle a son siège dans le pantalon.

— Chez vous aussi ?

— Ma libido est derrière moi depuis longtemps », soupira le professeur.

Soudain il y eut un bruit de feuilles froissées près du banc. L'instant d'après, un petit oiseau sortait de la haie dans un battement d'ailes et se posait aux pieds des deux hommes sur le gravier.

La forme de son corps était celle d'un moineau, mais son plumage avait l'air tout décoloré et il était maculé sur le côté de taches d'un jaune pisseux. Il avait les yeux rouges. L'oiseau demeura un temps immobile devant eux, puis il déploya ses ailes, bascula et commença à se rouler sur le gravier en secouant la queue, le plumage agité de convulsions. Tout aussi brusquement qu'il avait commencé, il s'arrêta. Il esquissa deux petits sautillements en direction du banc, se figea et s'envola finalement vers le Schottenring, en décrivant un vaste arc de cercle.

« Même les moineaux sont devenus fous, maintenant, remarqua Franz en frôlant le gravier du pied.

— C'était l'oiseau de la peste, murmura Freud. On dit qu'il apparaît avant l'irruption des épidémies, des guerres et autres catastrophes. » Le cigare grésilla dans sa main. Un petit vent agitait doucement la cime des arbres.

« Est-ce qu'il va se produire une catastrophe, monsieur le Professeur ?

— Oui, dit Freud en levant les yeux dans la direction de l'oiseau de la peste, qui avait depuis longtemps disparu quelque part derrière le Burgtheater.

— Monsieur le Professeur, je crois que je suis un drôle de crétin, conclut Franz après quelques instants de silence et d'intense réflexion. J'ai autant de cervelle que nos moutons bêlants de Haute-Autriche.

— Mes compliments, la lucidité est la condition première du progrès sur soi.

— Parce que, vraiment, je me demande quelle importance peuvent bien avoir mes petits soucis idiots à côté de tous ces événements, dans ce monde qui est devenu fou.

— À cet égard, je peux te tranquilliser. D'abord, les soucis qu'on se fait à cause des femmes sont généralement idiots, certes, mais rarement petits. Ensuite, on peut inverser les termes de la question : quelle est la légitimité de ce qui se passe dans ce monde devenu fou, comparé à tes soucis ?

— Vous vous moquez, monsieur le Professeur ?

— Pas du tout ! répliqua Freud en levant énergiquement son cigare en lieu et place de son index. Ce qui se passe à l'heure actuelle dans le monde n'est rien d'autre qu'une tumeur, un cancer, un bubon de peste puant et purulent, qui va bientôt éclater et déverser son contenu répugnant sur l'ensemble de la civilisation occidentale. C'est une formulation un peu radicale et très imagée, j'en conviens, mais ce n'en est pas moins la vérité, mon jeune ami ! »

Franz sentit monter en lui une étrange fierté qui explosa quelque part derrière son front et lui irrigua la tête d'une petite averse bienfaisante. Il était désormais le jeune ami du professeur.

« La vérité... répéta-t-il en hochant la tête pensivement. Est-ce que c'est pour entendre ce genre de vérités que les gens s'allongent sur votre divan ?

— Penses-tu ! dit Freud en examinant d'un air bougon ce qui lui restait de cigare. Si l'on se bornait à dire la vérité, les cabinets des analystes seraient autant de petits Sahara poussiéreux. La vérité joue un rôle bien moins décisif qu'on ne pense. Il en est en psychanalyse comme dans la vie. Les patients disent ce qui leur vient à l'esprit, et moi j'écoute. Parfois c'est l'inverse, je dis ce qui me vient à l'esprit, et ce sont les patients qui écoutent. Nous parlons, nous nous taisons ; nous nous taisons, nous parlons ; et, accessoirement, nous sondons de concert la face obscure de l'âme.

— Et comment faites-vous ?

— Nous avançons péniblement à tâtons dans l'obscurité et, de temps en temps, nous tombons sur quelque chose d'utilisable.

— Et pour ça, les gens sont obligés de s'allonger ?

— Ils pourraient le faire debout, mais c'est plus confortable, allongé.

— Je comprends, dit Franz. Ça me rappelle un peu quand j'étais petit. Des fois, l'été, je me glissais dehors en pleine nuit, pour aller dans les bois avec des amis. On avait tous une bougie, et les arbres apparaissaient et disparaissaient comme des fantômes géants. On se promenait un moment comme ça en trébuchant dans le noir, mais, en fait, on n'est jamais tombés sur quelque chose de vraiment intéressant. Quelquefois, il y en avait un qui marchait sur une limace. Mais ça n'allait pas plus loin, et on finissait par rentrer chez nous.

« Oui, c'était comme ça, ajouta-t-il après une petite pause. C'était une autre époque ; en ce temps-là, on n'avait peur que des arbres. Mais qu'est-ce que vous trouvez donc dans l'obscurité, vous et vos patients, monsieur le Professeur ?

— Des rêves, dans le meilleur des cas », dit Freud. Il posa ce qui restait du cigare sur l'accoudoir à côté de lui et le regarda rougeoyer une dernière fois avant de s'éteindre définitivement. Il prit le petit cadavre avec précaution et le lança dans la poubelle que le gardien du parc venait d'explorer avec son bâton.

« Mais moi, qu'est-ce que je deviens dans tout ça ? s'écria Franz. Je ne peux tout de même pas passer le reste de ma vie à trébucher dans le noir je ne sais où et à marcher sur des limaces ou sur des rêves ! Vous en parlez à votre aise. Ça fait longtemps que vous êtes débarrassé de la libido, alors que, moi, il faut que je me dépatouille avec ! Et elle va faire craquer mon pantalon si ça continue, je ne sais plus à quel saint me vouer. Je ne sais pas si je dois revoir Anezka. Je ne sais pas si je veux la revoir. Je ne sais même pas si je peux la revoir. Je ne sais pas, je ne sais pas, je ne sais pas ! »

Il avait bondi sur ses pieds de nouveau et arpenté à plusieurs reprises l'espace qui séparait le banc du parterre de roses. « Bon sang de bonsoir, qu'est-ce que je vais bien pouvoir faire ? demanda-t-il enfin d'une voix blanche en s'affalant sur le banc de nouveau. Il faut que vous m'aidiez, monsieur le Professeur ! »

Freud leva ses mains, les examina un moment à la lumière du soleil et les laissa retomber dans son giron.

« Je ne crois pas pouvoir t'aider dans cette affaire, dit-il. Dans notre culture, trouver la femme qu'il vous faut est une des tâches les plus ardues qui soient. Et chacun d'entre nous doit l'assumer totalement seul. Nous venons au monde seuls et nous mourrons seuls. Mais comparées au sentiment de solitude que nous éprouvons quand nous nous retrouvons pour la première fois devant une femme désirable, la naissance et la mort nous apparaissent comme des événements sociaux. Les choses essentielles, il nous faut y faire face seuls depuis le début. Sans cesse nous devons nous interroger sur ce que nous désirons et ce à quoi nous voulons arriver. Autrement dit : c'est à toi de te casser la tête là-dessus. Et si ta tête ne te donne pas de réponse, interroge ton cœur !

— Il n'y a pas grand-chose à attendre de ma tête, murmura Franz. Et mon cœur s'est brisé en mille morceaux dans une maison de la Rotensterngasse.

— Tu n'as pas d'autre solution. Si tu persistes à demander conseil à de vieilles barbes, tu continueras à obtenir ce genre de réponses peu éclairantes. Et si tu interroges le contenu de ton pantalon, la réponse en sera certes dénuée d'ambiguïté, mais grosse de complications !

— Hum, fit Franz en posant une main sur son front pour étouffer un peu le chaos des pensées tumultueuses qui se débattaient derrière. Est-ce qu'il se pourrait que votre méthode du divan ne fasse que détourner les gens des chemins confortables où ils usaient leurs semelles jusque-là, pour les expédier sur un champ caillouteux totalement inconnu, où il leur faut chercher péniblement un chemin, sans savoir à quoi il peut bien ressembler ni même s'il débouche quelque part ? »

Freud leva les sourcils et ouvrit lentement la bouche.

« Est-ce que ça se pourrait ? » répéta Franz. Freud avala sa salive.

« Pourquoi me regardez-vous comme ça, monsieur le Professeur ?

— Comment est-ce que je te regarde ?

— Je ne sais pas. Comme si j'avais dit quelque chose d'incroyablement idiot.

— Non, absolument pas. C'était loin d'être idiot. »

Freud tenta de sourire, puis passa une main distraite dans ses cheveux, prit son chapeau sur ses genoux, le plaça sur sa tête et se leva du banc. « Je crois que nous avons assez parlé pour aujourd'hui. Le soleil va bientôt se coucher. Et qui sait s'il se relèvera jamais. »

D'un pas étonnamment rapide, à la cadence de ses coups de sa canne sur le gravier, le professeur repartit en direction du Ring. Franz resta assis un petit moment. Mais, lorsque le chapeau gris eut disparu derrière la haie, il bondit et le suivit en courant.

Arrivés à la Berggasse, ils prirent congé par une brève poignée de main. Les doigts de Freud étaient secs et légers. Comme les arêtes de ces carpes rongées de vers, vouées aux gamelles des chats à l'auberge, et dont les squelettes s'effritaient dans vos mains, quand on les exhumait quelques semaines après sous la coque des barques de pêches avariées.

Quand le professeur eut disparu dans la maison, Franz colla son oreille à la porte et ferma les yeux. Le bois avait gardé la chaleur du soleil, et les pas de Freud résonnaient dans l'escalier, à l'intérieur. Enfin il rouvrit les yeux, se recula et esquissa quelques pas un peu réticents. Puis il s'éloigna avec une détermination nouvelle et mit le cap sur le petit bistrot au coin de la Türkengasse. Vers un goulasch et un bock de bière.

Le lendemain soir, dans son logement en sous-sol de la Schwarzpannierstrasse, Egon le Rouge écoutait, penché sur sa radio, la voix de Kurt Schuschnigg dont s'était effacée toute velléité de résistance. C'était le dernier discours du chancelier autrichien à un peuple qui n'était plus le sien depuis longtemps. Acculé par l'agressivité de Hitler qui menaçait ouvertement d'user de violence, il renonçait au plébiscite sur l'indépendance de l'Autriche et annonçait son retrait. Pour éviter un bain de sang quand les troupes allemandes franchiraient la frontière, ce qui semblait imminent, il avait donné ordre à l'armée fédérale de ne pas opposer de résistance. Il conclut son allocution en ces mots : « Je prends congé à cette heure du peuple autrichien en faisant un vœu du fond du cœur : Dieu protège l'Autriche ! » À peine avait-il terminé son discours que des hurlements hystériques éclatèrent dans les rues. Les cris de « Un peuple ! Un Reich ! Un Führer ! », « Mort aux Juifs », mêlés à des clameurs inarticulées et ponctués de chants et de beuglements. Egon le Rouge éteignit la radio. Par la petite fenêtre poussiéreuse qui donnait sur le trottoir, il voyait défiler des jambes de Viennois et de Viennoises en émoi qui se hâtaient, courant éperdument. Il se leva et se dirigea vers son coffre à vêtements. Il observa un moment le reflet de sa longue silhouette efflanquée dans la porte vitrée obscure, rectifia son nœud de cravate et lissa son sourcil gauche du bout de son index humecté de salive. Puis il ouvrit le coffre, en sortit une bannière roulée en un épais ballot ainsi qu'un marteau et des clous, et quitta son appartement sans fermer à clé. Dans la cage d'escalier, il croisa les deux garçons du couple d'employés du tram qui habitait au deuxième. Leurs culottes courtes leur battaient les genoux, tandis qu'ils se précipitaient dans la rue en poussant des cris perçants. Egon le Rouge atteignit le dernier étage, un peu essoufflé, franchit une petite porte basse et pénétra dans le grenier, où il buta du bout du pied sur le cadavre d'un pigeon. Il réprima un petit réflexe de dégoût et grimpa la petite échelle de bois qui donnait accès à la lucarne du toit. Dehors, une bourrasque de poussière lui fouetta le visage, et il dut fermer les yeux un instant. Le bruit de la rue refluait par vagues jusqu'à lui, un peu étouffé, les voix de dizaines de milliers de citoyens viennois s'unissaient en une rumeur qui enflait et décroissait continûment, une sorte de mugissement de sirène sous lequel la ville semblait vibrer. Il progressa à pas prudents sur le toit légèrement pentu, avança jusqu'au rebord et s'assit. En quelques coups de marteau, il fixa une extrémité de la bannière de tissu au revêtement goudronné du toit, après quoi il fit simplement glisser le rouleau au-dessus de la gouttière et entendit, satisfait, les cinq mètres de tissu claquer contre le mur de la maison et la fenêtre mansardée de la défunte madame Hinterberger. Il fourra soigneusement le marteau et les clous restants dans la poche intérieure de son veston, se laissa glisser un peu plus en avant, passa les jambes par-dessus le rebord du toit et les laissa pendre au-dessus du grondement qui montait de la Schwarzspannierstrasse. D'une fenêtre ouverte de l'autre côté de la rue lui parvint une bonne odeur de viande rôtie. Deux pigeons étaient perchés sur une cheminée. De temps à autre, l'un d'eux se dressait, trottinait en rond brièvement, et ses plumes ébouriffées par le vent se hérissaient en un léger toupet floconneux. Egon le Rouge sortit de sa poche de pantalon un paquet froissé de sans-filtre, en prit une qu'il posa dans la paume de sa main ouverte et l'examina un instant. Puis il la glissa dans sa bouche et l'alluma. Il inspira profondément en fermant les yeux. Lorsque, au bout de sept bouffées exactement, la lucarne du toit s'ouvrit brutalement et que trois hommes et une femme avec des brassards à croix gammée et de petites matraques commencèrent à progresser sur le toit en rampant, les traits déformés par des envies de meurtre, il ne se retourna même pas. Il fit basculer le poids de son corps vers l'avant, expédia sa cigarette dans le vide d'une pichenette et se précipita à sa suite.

« Tu as lu ça ? » demanda Otto Tresniek d'un air sombre en brandissant l'édition matinale de la *Reichspost* au-dessus de son crâne. Franz secoua la tête. Il n'avait guère eu le temps de lire les journaux ces jours derniers, ou plutôt il ne s'en était pas vraiment donné la peine. Les récents événements bourdonnaient dans sa tête comme un essaim de mouches effarouchées, et dès qu'il ouvrait un journal, les lettres se détachaient lentement du papier et se dissolvaient en un magma incompréhensible.

« Alors, assieds-toi et écoute un peu ! » lui intima Otto Tresniek. Franz interrompit sa tâche, qui consistait à enlever les journaux de la veille des étagères et à les remplacer par ceux du jour embaumant l'encre fraîche. Il fourra vite l'exemplaire de la *Ligue paysanne* à la place voulue – comme presque tous les journaux des derniers jours, elle exhibait en première page un impressionnant portrait d'Adolf Hitler – et se laissa choir sur son tabouret. Le buraliste étala la *Reichspost* devant lui et se mit à lire : « Lâche attentat déjoué ! Comme nous l'avons appris hier seulement, un attentat abject contre cette liberté d'opinion nouvelle dans notre Reich a pu être déjoué grâce à l'intervention courageuse de quelques Viennois et Viennoises… »

« Ah ! s'écria Otto Tresniek en frappant le comptoir du plat de la main. Tu entends : "Cette liberté d'opinion nouvelle" ! » Il prit son élan pour abattre à nouveau sa main sur le bois, se maîtrisa toutefois au dernier moment et poursuivit d'une voix enrouée : « Le redoutable chômeur bolchéviste Hubert Panstingl, connu dans certains milieux sous le nom d'Egon le Rouge, s'est rendu dans la soirée sur le toit de l'immeuble qu'il habitait dans la Schwarzspannierstrasse, pour y mettre tranquillement en œuvre le plan qu'il avait fomenté. Il y déroula une bannière apparemment confectionnée par ses soins, dont les barbouillages – qu'on ne saurait reproduire ici – étaient une insulte infamante à notre Reich, à notre peuple et à notre ville pleine de confiance en l'avenir. »

Otto Tresniek empoigna la feuille, sautilla de

derrière le comptoir avec une agilité surprenante, se pencha sur Franz et lui hurla à la figure : « Quelle confiance peut-on bien avoir dans une ville qui accouche d'un galimatias aussi mensonger, torché dans une prose totalement indigente par-dessus le marché, et éructée par une canaille de journaliste qui pue le chauvinisme allemand, je te le demande ! »

Franz se fit tout petit. « Écoute un peu la suite ! s'écria le buraliste. "Seules la bravoure et la rapidité de quelques habitants de la maison et de quelques passants ont empêché ce dangereux marginal de perpétrer plus longtemps que nécessaire cette agression publique à l'encontre des citoyens viennois. Parfaitement conscients du danger qu'ils couraient, ces hommes et ces femmes résolus sont montés sur le toit, se sont approchés du criminel pris au dépourvu et l'ont sommé de leur remettre sur-le-champ la bannière en question. Mais, nullement disposé à renoncer à son dessein, le lâche communiste Panstingl s'est dressé plein de morgue devant ces gens simples et les a menacés. À l'heure du bouclage du journal, il n'a pu encore être établi s'il détenait une arme, mais c'est fortement probable, à en croire les déclarations des personnes concernées."

« Ah ! s'exclama de nouveau Otto Tresniek. Une arme ! Egon le Rouge aurait préféré beurrer ses tartines avec les doigts que de toucher à un couteau ! » Sur ces entrefaites, sa figure s'était baignée de sueur et avait viré au rouge brique. De la manche effrangée de sa veste de laine, il s'épongea le front et poursuivit : « Lors de sa brutale tentative d'agression, il semble que le criminel ait perdu l'équilibre, basculé au-dessus du rebord du toit et chuté dans le vide. Par bonheur, il n'a blessé personne en s'abattant sur le trottoir. Le criminel est mort, et la honteuse bannière a pu être mise en sûreté et détruite ! »

Le buraliste chancelait légèrement et resta un moment là debout à fixer le journal dans ses mains. Brusquement, il eut un sursaut de tout le corps. Pris de frénésie, il déchira les feuilles en mille morceaux, qui voltigèrent lentement autour de lui avant d'atterrir sur le sol. Quand il eut fini, il laissa ses mains retomber lentement. Sa veste avait glissé et reposait de travers sur ses épaules. Sa jambe un peu crispée faisait craquer doucement sa chaussure.

« Sais-tu ce qui était écrit sur la bannière ? » murmura-t-il. Franz secoua la tête en silence. « UN PEUPLE LIBRE A BESOIN DE CŒURS LIBRES. VIVE LA LIBERTÉ ! VIVE NOTRE PEUPLE ! VIVE L'AUTRICHE ! »

La chaussure d'Otto Tresniek avait cessé de craquer, il ne bougeait plus maintenant. Mais, très vite, il se ressaisit, repassa en quelques sautillements derrière le comptoir et se rassit. Franz le vit se carrer dans son fauteuil, et son visage disparut lentement dans l'ombre, derrière la lampe.

Cette nuit-là encore, Franz eut du mal à s'endormir. Comme toujours ces derniers temps. Depuis son arrivée à Vienne, en dépit de l'épuisement qu'il ressentait chaque soir, il peinait à trouver ce sommeil bienfaisant qui l'enveloppait et l'emportait tout naturellement là-bas, dans son lit, au bord du lac. Une fois de plus, il était allongé sur le dos, les yeux ouverts, les bras croisés sous la nuque à écouter les bruits dans le noir. Dehors, les cris et les pleurs diurnes qui faisaient maintenant partie du quotidien avaient passé le relais à ces gémissements nocturnes non moins habituels, qui semblaient parcourir continûment les rues et s'insinuer jusque dans le petit réduit du tabac. De temps à autre, on entendait gargouiller dans les murs. Et de la boutique lui venait parfois un léger bruit de papier froissé. Des souris peut-être, se disait Franz, ou des rats. Ou les événements de la veille déjà transformés en souvenirs qui sortaient des journaux dans un bruit de papier froissé. À y bien réfléchir, c'est quand même curieux de voir les journaux annoncer à cor et à cri leur vérité du jour en gros titres bien gras, pour la réécrire aussi sec en toutes petites lettres dans l'édition suivante, voire la mettre définitivement au rebut, se disait-il. La vérité de l'édition du matin devenait le mensonge de l'édition du soir, ce qui d'ailleurs ne jouait guère de rôle dans le mécanisme du souvenir. Puisque, de toute façon, ce n'est pas de la vérité qu'on se souvenait en général, mais de ce qui avait été hurlé assez fort ou imprimé assez gras ! Et quand un souvenir avait émis assez longtemps son bruit de papier froissé, il entrait dans l'histoire, conclut-il. Franz se libéra de sa couverture en gigotant et écarta les bras le plus possible. Le matelas résonnait des battements de son cœur, qui rendait un petit bruit sourd de moteur de bateau. Un beau son, se dit-il en regardant son corps se détacher lentement du lit. C'était drôlement bien, mais son vol fut bref. On lui criait quelque chose, et tout en bas les vapeurs haletaient sur le lac. Les poissons flottaient le ventre à l'air, et un chapeau noir tanguait doucement sur les vagues. Le petit fanion qui s'agitait à l'horizon était maintenant bien visible. « Excusez-moi, mais votre mère vous fait des signes de la main ! »

Ce furent ses battements de cœur qui tirèrent de nouveau Franz du sommeil, un bruit de pompe qui s'amplifiait régulièrement. À force d'exercice, il réussissait maintenant à s'astreindre à noter ses rêves. Nuit après nuit, il cherchait à tâtons ses allumettes et, à la lumière vacillante de sa bougie, gribouillait quelques mots confus sur une des feuilles à carreaux entreposées sous le lit. C'était laborieux et, au début, ne servait strictement à rien. À vrai dire, il le faisait pour faire plaisir au professeur et parce qu'il avait secrètement mauvaise conscience quand il ne le faisait pas. Mais en fin de compte, ces derniers jours justement, une sorte d'habitude s'était instaurée avec cette pratique. Ou une sorte de fierté d'être capable de fournir cet effort. Quelque chose qui ressemblait peut-être à un léger sentiment de soulagement mêlé de satisfaction. Franz ne pouvait pas le définir très exactement, et, au fond, ça lui était égal. Il notait maintenant ses rêves sur le papier et pouvait ensuite – toute cette peine avait donc quand même un effet gratifiant – dormir du sommeil du juste les heures suivantes, c'est-à-dire sans rêves.

Un vol au-dessus de l'Attersee, écrivit Franz maladroitement de son écriture enfantine, *quelqu'un me crie quelque chose, les bateaux sont beaux, les poissons non. Le professeur a l'air d'avoir perdu son chapeau, et ma mère, quelque part au loin, fait des signes de ce côté-ci.* Il posa la feuille et le crayon sous le lit et souffla la bougie. La lumière vacilla encore quelques instants sous ses paupières. Ah, ah, se dit-il, les souvenirs font des bruits de papiers froissés, et en plus ils vacillent. Et il ne put s'empêcher de glousser doucement. Depuis qu'il avait quitté le Salzkammergut, il extrayait de son cerveau des pensées dont il n'aurait jamais pensé qu'elles puissent s'y trouver. La plupart étaient probablement assez folles. Mais pas inintéressantes. Il se tourna sur le côté, ferma les yeux et se sentit glisser peu à peu dans le sommeil.

Trois secondes ne s'étaient pas écoulées qu'il se dressait sur son séant dans le lit en retenant son souffle. Un bruit l'avait secoué et ramené à la réalité, un craquement, et des bris de verre qui semblaient déchirer la nuit. Puis de nouveau le silence. Franz sauta sur ses pieds et courut au magasin. Devant lui, dans la lueur blafarde de l'aube, régnait un indescriptible chaos. La vitrine était brisée, la porte sortie de ses gonds, de longues échardes se détachaient du cadre et pointaient vers la pièce. Le sol était jonché d'éclats de verre, deux présentoirs de journaux renversés gisaient de guingois l'un sur l'autre, journaux, caisses à cigares, boîtes grandes ouvertes de tabac et de crayons et cigarettes éparses étaient dispersés alentour. Dehors sur le trottoir, le vent soulevait les feuilles de journaux déchirées, qui roulaient de l'autre côté de la rue, petits fantômes bruissants. Franz risqua un pas hésitant. Sous les chaussons de cuir que le buraliste lui avait légués récemment contre huit heures supplémentaires non payées, le verre crissa. Du chambranle dégoulinait un liquide gluant qui formait une tache brillante sur le sol. Puis il vit cette chose sur le comptoir. Un truc noir, un corps sombre, un tas spongieux qui s'y étalait. Un instant, il eut l'impression que ça respirait : ça se soulevait et s'abaissait très lentement, puis se soulevait de nouveau. Le truc dégageait une odeur désagréable, rance, douceâtre et un peu acide. Une puanteur de viande avariée, de sang et de merde. Il s'approcha avec précaution. Les mouvements de respiration étaient purement imaginaires, bien entendu. Sur le comptoir reposaient les entrailles d'un gros animal, ou de plusieurs. Des lambeaux de tissu adipeux, des bouts de gras luisants et un morceau d'intestin rutilant, recouvert d'un réseau de petits vaisseaux très fins. Lorsque Franz recula d'un pas, quelque chose craqua sous son pied. Entre les bris de verre gisait une tête de poulet coupée qui le fixait de ses yeux morts, bleuâtres.

Quand Otto Tresniek arriva à six heures précises pour l'ouverture du magasin, il en resta bouche bée. Il contempla toute l'affaire en silence : l'inscription barbouillée de travers au-dessus de l'entrée : ICI ON VEND AUX JUIFS, les immondices déversées à pleins seaux, les tessons, le sang, les têtes de poulet, les tas d'intestin sur le comptoir, et son apprenti Franz qui fixait le pavé, recroquevillé sur son tabouret, derrière la vitrine sans vitre. Il resta longtemps là debout, pétrifié, muet. Puis il ouvrit la bouche pour dire quelque chose, mais il n'en sortit qu'un petit son à peu près aussi audible qu'une bulle de salive qui crève. Il se mit donc au travail.

Ensemble ils balayèrent le verre sur le sol, fourrèrent les tripes et les têtes de poulet dans de grands sacs en jute qui s'imprégnèrent de sang en un rien de temps. Ils frottèrent le trottoir, les murs, les dalles, les étagères, jetèrent les cigares et les cigarettes salis, trempés, cassés ou écrasés dans un carton et allèrent déposer le tout à côté des poubelles regroupées dans l'arrière-cour. Pour finir, ils ôtèrent avec précaution les derniers éclats de verre qui dépassaient du cadre de la vitrine, sortirent la porte de ses gonds, redressèrent les charnières au marteau, reposèrent la porte et briquèrent de nouveau les dalles, les étagères et le comptoir avec du vinaigre et une poudre rose carmin qui empestait la chimie. Au bout de quelques heures, quand ils eurent tout nettoyé, le buraliste planta ses deux béquilles sur le sol l'une à côté de l'autre, posa son moignon avec précaution sur l'une des poignées et respira un bon coup. « On ira chez le verrier plus tard, dit-il enfin, va nous chercher deux bières, maintenant ! »

Ils burent la bière à même la bouteille, en silence, à petites gorgées, le buraliste à sa place derrière le comptoir, Franz sur son tabouret. Une bière de Styrie, brune et âpre. C'était l'après-midi entre-temps, dans la rue les gens passaient à la hâte, peu d'entre eux prêtaient attention au tabac, pratiquement personne ne s'arrêta pour jeter un coup d'œil par la vitrine sans vitre et regarder à l'intérieur. Un chien efflanqué s'immobilisa et se mit à flairer l'entrée, mais son maître lui passa une laisse et l'éloigna en vitesse. De l'autre côté de la rue, madame le Dr Dr Heinzl filait à toute allure. Son trottoir requérait visiblement toute son attention, en tout cas elle n'eut pas un regard pour le tabac. Un agent de police d'un certain âge passa la tête à la porte, lança un coup d'œil à la ronde, mit la main à son képi sans mot dire en guise de salut et s'éclipsa. Quelque part derrière la forêt viennoise, le soleil déclinait, leurs bières étaient finies, et Otto Tresniek prononça quelques mots en s'éclaircissant la gorge. « Étonnant, qu'on puisse parler si peu en toute une journée ! »

À ce moment, une voiture sombre d'un vieux modèle stoppa devant la porte, et trois hommes en costume gris en sortirent. L'un d'eux frappa symboliquement contre le chambranle de la porte béante, un homme à la figure plutôt chagrine et au teint jaune de gratte-papier : « Monsieur Tresniek ?

— Nous allons fermer », dit le buraliste.

L'homme étira les lèvres en un sourire grimaçant. Son oreille droite brillait d'une lueur rose dans le couchant. « C'est possible, dit-il, mais quand nous vous le dirons !

— Fichez-moi le camp, espèces de salauds ! » siffla Otto Tresniek – et on eût dit qu'il allait leur faire avaler leurs chapeaux. Le chagriné se figea une seconde, puis il fit un signe de tête à ses collègues et s'écarta d'un pas. L'un des hommes passa par la porte, l'autre enjamba la vitrine. Sans effort apparent, il abattit son poing contre l'oreille gauche de Franz. En glissant de son tabouret, Franz sentit le sang chaud jaillir du pavillon de son oreille. Entre les bourdonnements, il entendit les cris du buraliste et le craquement de sa veste de laine qui se déchira quand ils l'empoignèrent et le jetèrent par-dessus le comptoir. « Otto Tresniek, je vous arrête pour détention et diffusion de produits imprimés à teneur pornographique ! » clama le chagriné. Il y eut un moment de silence. Alors que le buraliste, tombé sur les genoux, avait la tête baissée, Franz crut voir une tache foncée sur son front.

« Où est-ce que tu planques tes revues pornos ? » demanda le chagriné. La tête d'Otto Tresniek s'affala un peu plus sur sa poitrine. Un des hommes lui donna un violent coup dans les côtes. Il bascula sur le côté avec un grognement sourd, se protégea le visage de ses mains et plaqua sa jambe contre son corps. Sur un hochement de tête de son chef, le troisième homme passa derrière le comptoir, ouvrit brutalement le tiroir, en tira la mince pile de « revues galantes » et la brandit avec un sourire triomphant.

« C'est ces saletés que tu vends aux Juifs ? »

Otto Tresniek eut un sursaut de la tête et ouvrit la bouche pour prononcer un « oui » à peine perceptible.

« Depuis quand est-ce que ça dure ?

— Sais pas. »

Le chagriné fit un signe de tête, et son collègue balança son pied. Un grand coup dans les reins du bout de sa chaussure pointue. Otto Tresniek proféra un gémissement sourd et se recroquevilla un peu plus. Franz ferma les yeux. Dans ses oreilles, le bourdonnement avait diminué et la douleur s'était presque dissipée. Il pensa soudain aux vers de terre qu'il extrayait du sol gorgé d'eau après les périodes de pluie, quand il était petit, et qui se tordaient en vain dans sa main, aveuglément. Ils avaient une consistance bizarre, ces vers, gluante, rebondie, froide, et, quand on les piquait avec une épingle, ils s'enroulaient en tout petits tas sur eux-mêmes, et une petite goutte sombre sortait de la piqûre.

« Je répète : ça fait combien de temps que tu vends tes saletés de revues aux Juifs ?

— Depuis toujours, murmura le buraliste.

— Monsieur le marchand de journaux, voilà qui n'est pas bien du tout », fit le chagriné en secouant la tête d'un air de blâme. Il se baissa, attrapa Otto Tresniek par les cheveux et le souleva lentement du sol.

« Mais c'est complètement faux ! » Dans son coin, Franz avait repris ses esprits et se dressait sur ses jambes en coton. « Les revues sont à moi ! C'est moi qui les ai achetées ! Toutes ! Parce que j'aime bien regarder ce genre de choses de temps en temps !

— Ferme-la, Franz ! siffla le buraliste. Tu ne sais pas ce que tu dis !

— Sauf votre respect, je le sais très bien ! Et la vérité, c'est la vérité, point ! Et quand on a fait une bêtise, il faut l'assumer ! Ce n'est pas vous qui allez dire le contraire, monsieur le policier, n'est-ce pas ? »

Le chagriné laissa retomber la tête d'Otto Tresniek comme une pomme pourrie. Il se redressa et dévisagea Franz.

« Le mieux, c'est que vous m'emmeniez tout

de suite au poste ou en cellule ou je ne sais où. Puisque ces revues sont à moi, c'est simple, c'est moi qui les ai achetées, c'est moi qui les ai lues, qui ai regardé les photos et qui les ai cachées dans le tiroir. Et si tout ça, c'est censément un crime, j'en porte la responsabilité, c'est pas plus compliqué que ça !

— Ferme ton clapet, idiot ! articula le buraliste avec effort.

— Mais pourquoi donc ? demanda le chagriné aimablement. Qu'il cause un peu, ce p'tit gars ! Comment s'appelle-t-il donc, au fait ?

— Sauf votre respect, je ne suis pas un p'tit gars, mon nom, c'est Franz Huchel ! »

Le chagriné croisa les mains derrière son dos et fit deux, trois pas vers Franz en ondulant comme un serpent. « Ah, ah ! Eh bien, dites-nous donc ce que vous avez à dire, monsieur Huchel !

— Franzl... » Le buraliste avait relevé la tête. Ses traits étaient déformés par la douleur, son regard erra quelques secondes entre les boîtes à cigares de l'étagère avant de trouver Franz. « Tu es mon apprenti... et un imbécile, par-dessus le marché. C'est pourquoi tu vas faire exactement ce que je te dis : rassieds-toi et ferme ton fichu clapet ! » C'est alors que Franz vit la mince trace de sang qui coulait sur son menton, un petit filet de sang à peine plus gros qu'un fil. Et aussi le désespoir dans ses yeux. Comme un voile, pensa Franz, un voile sombre et ténu. Et à cet instant, il comprit. L'espace d'une fraction de seconde, une fenêtre s'ouvrit sur l'avenir, lui soufflant à la figure une peur atroce qui le sidéra, lui, le petit gars sans malice du Salzkammergut. Il s'écroula à genoux en réprimant un sanglot, étreignit à deux bras la nuque du buraliste et serra son corps contre lui. « Lâche-moi, Franzl ! chuchota Otto Tresniek d'une voix enrouée dans les cheveux de Franz. Je t'en prie ! Lâche-moi ! »

Quand ils eurent chargé le buraliste sur le siège arrière et qu'après plusieurs tentatives ratées de démarrage pétaradant la voiture eut enfin remonté la Währingerstrasse et tourné dans la Boltzmanngasse, Franz resta un moment planté devant le tabac. Il s'était mis à pleuviner, une chaude petite bruine printanière sous laquelle le pavé commençait à embaumer. Quelque part au loin derrière les toits, il devait y avoir un arc-en-ciel. Le buraliste avait renoncé à crier, il s'était laissé emmener en silence, sans opposer de résistance, et avait sautillé jusqu'à la voiture, soutenu par les hommes en gris. Franz était reparti en courant lui chercher ses béquilles, mais, quand il ressortit avec elles, ils étaient déjà partis. Maintenant elles étaient appuyées de travers à côté de l'entrée comme deux vieux bâtons inutiles. Sur les vitres de la boucherie Rosshuber dégoulinaient de fines rigoles d'eau de pluie. Derrière, la silhouette du boucher sabrait tranquillement dans un jarret. Il avait assisté au transport du buraliste sur le pas de sa porte avec un sourire ironique, les bras croisés sur son tablier sanguinolent. Quand la voiture avait été totalement hors de vue, il avait hoché la tête en poussant un petit rire bref et il était rentré. Franz, lui, était toujours là, immobile. C'était peut-être la solution, pensa-t-il, rester là comme ça, sans bouger. On regarderait le temps passer devant soi, et on ne serait pas obligé de se laisser porter ou de nager à contre-courant. Les passants se hâtaient, sans un regard. Un enfant braillait quelque part. On entendait les merles chanter dans les massifs de l'église votive. Sur le rebord d'une fenêtre, au-dessus du magasin de sanitaires Veithammer, deux pigeons battirent des ailes un instant avant d'aller se serrer de nouveau l'un contre l'autre dans leur coin de fenêtre. Une bourrasque souffla un voile de brume dans la figure de Franz. Agréable, en fait, se dit-il en fermant les yeux, souhaitant ne plus les rouvrir. Il perçut alors un toussotement dans son dos et une voix flûtée : « Y a-t-il quelqu'un dans cette maison qui s'intéresse encore à la clientèle ou faut-il se servir soi-même ? » C'était le conseiller Kollerer. Dans ses épais verres de lunettes, Franz vit son propre reflet dédoublé, avec, en arrière-plan, les deux flèches de l'église votive que brouillait la petite bruine vaporeuse.

« Le bureau de tabac est ouvert, bien entendu, monsieur le Conseiller ! assura Franz. Comme d'habitude, *Le Messager de la forêt viennoise*, *La Ligue paysanne* et un Langen Heinrich ? »

Franz alla commander des vitres neuves au maître verrier Staufinger, qui les livra promptement, elles s'ajustaient au millimètre près. Pour la première fois depuis des années, le tabac n'était plus plongé dans sa pénombre tamisée. La clarté de la rue s'insinuait dans les moindres recoins et faisait resplendir de couleurs vives d'une fraîcheur inédite les couvercles des boîtes à cigares. Mais, à présent, les toiles d'araignée et les taches brunes d'humidité du plafond attiraient elles aussi le regard. Franz acheta un pot de peinture blanche, emprunta une échelle, un tablier de peintre et un gros pinceau de crin à l'épouse de monsieur Veithammer, du magasin de sanitaires, et entreprit de repeindre le plafond. Quand il eut fini, il fit les murs et les plinthes, puis les étagères, la vitrine avec les articles de papeterie, la caisse aux menus articles, la petite armoire d'accessoires pour les pipes, les pieds du comptoir, et enfin la porte et le cadre de la vitrine. Avec un reste de blanc, il passa un petit coup sur les boutons du tiroir, dont la laque s'écaillait, et, pour conclure, peignit un minuscule point blanc sur la poignée de la porte d'entrée, juste comme ça, parce que ça l'amusait et que c'était beau et artistique et lui donnait l'air accueillant. Derrière un tas de revues romanesques pour la parfaite ménagère, il trouva les lunettes de lecture finement cerclées de métal et bien poussiéreuses d'Otto Tresniek. Il les nettoya avec sa manche de chemise humectée d'un peu de salive, les enveloppa dans du papier journal et les rangea soigneusement sous le comptoir. Il remplit l'encrier, fit tremper les pointes des porte-plumes dans l'eau, tailla les crayons et lissa les cornes du livre de comptes. Se haussant sur la pointe des pieds, il frotta les petites clochettes du carillon de l'entrée, les briqua et les polit jusqu'à ce qu'elles étincellent comme des boules de Noël. Sur un morceau de carton, il peignit en grosses lettres rouges les mots suivants : CHERS CLIENTS ! LE BUREAU DE TABAC TRESNIEK RESTE OUVERT. DONNEZ-VOUS LA PEINE D'ENTRER ! et colla la pancarte à hauteur d'yeux, à l'intérieur de la porte vitrée. Il alla rendre l'échelle, le pinceau et le tablier à madame Veithammer et y joignit une fleur jaune vif arrachée en passant aux massifs de l'église votive, puis il lava la peinture de ses mains, la poussière de ses cheveux, et s'écroula, éreinté, fleurant le savon de ménage, dans le fauteuil d'Otto Tresniek. Il y demeura quelques instants à prêter l'oreille au crissement du cuir sous ses fesses, puis il sortit du tiroir une belle et grande feuille de papier à carreaux et commença à écrire :

Chère maman,

C'est la première lettre que je t'écris. En fait, c'est même la première lettre que j'écris tout court. Parce que tout ce que j'ai à te dire ne tiendrait pas sur une carte postale. Mais voilà que j'ai encore oublié ce que je voulais te dire exactement. Et ça, tu vois, c'est vraiment typique. Ces derniers temps, ma tête ne fonctionne plus comme il faut. Comme si quelqu'un l'avait attrapée dans ses grosses pattes et secouée dans tous les sens, voilà l'effet que ça me fait. Donc, je vais reprendre les choses bien tranquillement une à une, depuis le début. Chez nous à Vienne, il fait très beau. Après l'hiver qui a été si long, le printemps sort par tous les interstices et toutes les fissures. Partout il y a quelque chose qui fleurit. Les parcs ressemblent déjà presque à ceux des cartes postales, et sur le moindre crottin de cheval, il pousse un brin de muguet. Les gens sont complètement déboussolés, ils courent partout comme des poules décervelées et ne savent plus où ils en sont. Si tu veux mon avis, ça ne vient pas que du printemps, c'est surtout à cause de la politique. On est dans une drôle d'époque en ce moment. Ou peut-être que ça a toujours été comme ça et que c'est moi qui ne me rendais pas compte. C'est vrai que, il n'y a pas bien longtemps, j'étais encore un enfant. Mais je ne suis pas encore un homme non plus. C'est tout le problème. Et on en arrive au sujet suivant : avec la fille (dont je t'avais parlé dans ma carte), c'est raté pour le moment, et peut-être définitivement. Va savoir pourquoi ! C'est comme ça. Peut-être que l'amour n'est pas fait pour moi. Ou que c'est moi qui ne suis pas fait pour l'amour. Je n'en sais rien. Est-ce que toi, tu le sais ? Est-ce que tu sais si je vaux quelque chose pour l'amour ? Est-ce que toi, tu sais ce que c'est l'amour ? Est-ce que tu t'y connais un peu en amour ? Franchement, c'est un peu bizarre de demander ce genre de choses à sa propre mère. Un peu gênant même. Mais, avec l'éloignement, ça va. En tout cas, je suis impatient de voir ce que tu vas me dire. D'ailleurs, à propos d'éloignement : il faut absolument que tu m'écrives comment est le lac. Les cartes, c'est bien beau, mais les photos c'est juste des photos, ça peut tromper. Exactement comme ces figures outrageusement fardées sur les couvertures des revues, dans le tabac. Elles te dévisagent comme si elles te regardaient toi, et en fait elles regardent dans l'appareil photo en pensant à un bon goulasch de bœuf, et elles sont grassement payées pour le faire. Tu vois, quand je te disais que j'ai la tête sens dessus dessous, ce n'était pas exagéré. Si la lettre avait eu un fil rouge, il serait plutôt perdu maintenant ou drôlement effiloché. C'est pour ça que je passe vite au sujet suivant. Le professeur et moi, nous sommes maintenant amis. (Je ne te raconte pas d'histoires, c'est la pure vérité !) Bien qu'on travaille presque sans arrêt tous les deux, on passe le plus de temps possible l'un avec l'autre. On s'assied ensemble sur un banc, on se promène, et on se parle de plein de choses. Lui, il fume. Moi non. Je lui demande diverses choses. Lui m'en demande d'autres. Souvent, on ne connaît les réponses pas plus l'un que l'autre, mais ça ne fait rien. Quand on est amis, on a le droit de ne pas tout savoir tout le temps. La différence d'âge ne nous fait rien non plus. Les gens peuvent bien nous regarder avec des yeux ronds ou jaser à qui mieux mieux, ça ne nous fait ni chaud ni froid. N'empêche, bien sûr, que le professeur est vraiment très vieux. Quelquefois, je le regarde et je me dis qu'il a l'air d'avoir été transplanté chez nous depuis une époque très ancienne, passée depuis longtemps.

Comme le vieux prunier derrière la cabane, qui penche du côté de la rive et qui est tout tordu. Qu'il soit un youpin ne me dérange pas du tout. Si Otto Tresniek ne me l'avait pas dit, je ne m'en serais sans doute pas aperçu. De toute manière, je ne comprends vraiment pas ce que les gens ont tous après les Juifs. Moi, je trouve qu'ils ont l'air très convenables. Mais, franchement, je me fais un peu de souci. Pour le professeur, et en général. Je te le disais bien : c'est une drôle d'époque. Et j'en arrive à une autre affaire malheureusement assez triste : l'Otto Tresniek est tombé malade. Rien de très grave, mais quand même ! Le foie peut-être ou les reins ou une autre entraille. Si tu veux mon avis, c'est parce qu'il se nourrit mal. À Vienne, on mange presque encore plus gras que chez nous. Et avec une seule jambe, on ne peut pas se dépenser beaucoup, question sport, je veux dire. En tout cas, il va d'abord rester quelques jours à la maison, et ensuite on verra. Je lui souhaiterai un bon rétablissement de ta part, si tu es d'accord.

Chère maman, il y a pas mal de moments où je suis triste et où je sais pourquoi. Mais, souvent aussi, je suis triste sans savoir pourquoi, et c'est presque encore pire. Quelquefois, je voudrais être revenu au bord du lac. Bien sûr, je sais que ce n'est pas aussi simple que ça. J'en ai déjà trop vu, et j'ai goûté à trop de choses. Enfin la vie continue, même si je ne sais pas encore dans quelle direction. Donc je vais arrêter de me lamenter. Parce que, désormais, en raison de l'absence d'Otto Tresniek, c'est moi qui ai provisoirement la responsabilité du bureau de tabac, et par conséquent il faut que j'aille de l'avant. Chère maman, tu peux être fière de moi, si tu veux !

Ton fils Franz.

Les affaires ne s'étaient pas complètement arrêtées, mais elles allaient mal. Les clients juifs s'étaient quasiment volatilisés. Ils avaient peut-être changé de tabac à cause des récents événements ou ils se terraient chez eux sans moufter et avaient provisoirement cessé de lire et de fumer, se disait Franz. Seul le vieux monsieur Löwenstein, imperturbable, continuait à venir chercher tous les jours un ou deux paquets de Gloriette. Sa mauvaise ouïe, sa vue encore plus mauvaise, et cet affaiblissement global dû à l'âge, qui investissait lentement son corps, le rendaient peu réceptif aux évolutions récentes, globalement peu réjouissantes pour le peuple élu, commenta-t-il un jour, avant de trottiner en gloussant doucement vers la sortie.

Mais la clientèle non juive aussi se faisait rare. Elle attendait sans doute de voir la tournure qu'allaient prendre les événements ou la situation en général, et en particulier celle de ce tabac censé avoir vendu des « revues galantes » aux Juifs, et qui était tenu à présent par ce drôle de rejeton de paysan ou de forestier. De toute façon, attendre et voir venir était à l'évidence la meilleure manière, voire la seule, de laisser passer sans trop en pâtir le flot de difficultés diverses et variées que charriait l'époque.

Les quelques clients qui persistaient à venir au magasin avaient changé. Beaucoup portaient maintenant des chemises brunes, certains arboraient des brassards avec la croix gammée ou au moins de petits écussons brodés d'une croix gammée, qu'ils épinglaient à leur col, et la plupart semblaient aller plus souvent qu'avant chez le coiffeur. En outre ils avaient une étrange lueur dans les yeux. Une lueur que Franz avait du mal à définir, pleine d'assurance ou d'espoir ou inspirée, et au fond plutôt bovine. Quoi qu'il en fût, ils étaient radieux et parlaient d'une voix forte en détachant les mots. Le timbre un peu étouffé des échanges discrets qui présidaient avant aux achats ou aux commandes et allaient si bien avec la pénombre du tabac avait cédé la place à une expression hardie et sonore aux accents métalliques. On aurait dit que maintenant les clients savaient exactement ce qu'ils voulaient, ou même qu'ils savaient enfin exactement ce qu'ils avaient toujours cherché. De plus en plus de gens saluaient le bras tendu en disant « Heil Hitler ». Franz, à qui ça semblait un peu exagéré, avait trouvé une formule peu compromettante et répondait : « Merci, vous aussi. »

Il avait pour ainsi dire cessé de lire les journaux, de toute façon ils étaient pratiquement tous truffés des mêmes contenus éternellement ressassés. Quand on avait lu *Le Messager de la forêt viennoise*, c'était quasi comme si on avait lu *La Ligue paysanne*, et quand on avait terminé la

Reichspost, on pouvait se dispenser de lire le *Volksblatt* et ainsi de suite. On aurait dit que toutes les rédactions se réunissaient chaque jour dans le souci de conserver une apparence d'objectivité et se concertaient sur le choix des gros titres et l'insertion de quelques variations dans des articles qui, à ces exceptions près, racontaient tous la même chose. Leur sujet de prédilection était Adolf Hitler. En un rien de temps, le petit homme de Haute-Autriche s'était insinué en bonne place dans la tête de ses compatriotes et il n'était sûrement pas près d'en sortir de sitôt. Tout le monde s'était entiché aveuglément de cet homme à l'allure saccadée et à la petite moustache en brosse. Alors que Heinzi faisait quand même un bien meilleur Hitler, un chancelier bien plus convaincant, du moins au premier coup d'œil, bien plus saccadé et plus subjuguant, se disait Franz ! Il pensait souvent à monsieur de Caballé avec son couteau dans le pantalon. Mais il pensait encore plus souvent à Anezka. Il lui arrivait d'écrire son nom sur une feuille de papier, juste comme ça, en lettres capitales, de la plus belle encre d'Otto Tresniek. Ou, quand il n'avait pas de papier sous la main, en petites lettres dans la marge d'un vieux journal. Dans un moment de tranquillité après la fermeture du magasin, il se mit un soir à écrire son nom sur la paume de sa main gauche, une fois, deux fois, trois fois, et cetera. Il l'écrivit sur chacun de ses doigts, sur les extrémités, sur les bords, sur les articulations, il le gribouilla en tout petit sur les rides des jointures, et en plus petit encore sous les bords inférieurs des ongles. Quand il n'y eut plus un seul espace vide sur sa main, il releva sa manche et continua sur son bras : Anezka sur le poignet, Anezka entre les veines et les fins poils de l'avant-bras, Anezka sur le coude, Anezka sur le bras et autour de l'épaule, en grandes et folles arabesques.

Par un lundi matin radieux du mois d'avril, Heribert Pfründner, le facteur chargé du secteur Alsergrund / Rossau depuis trente-quatre ans, qui avait de l'embonpoint et, pour cette raison, le souffle assez court, pénétra dans le tabac, attendit à son habitude que le carillon eût cessé de tinter, s'acquitta d'un « Heilitler » légèrement ronchon et balança sur le comptoir, outre une poignée de prospectus, le bulletin mensuel du quartier et une invitation à l'ouverture officielle du premier foyer de la Fédération des gymnastes dans le quartier d'Ottakring, une enveloppe couleur coquille d'œuf, puis il porta deux doigts à ses tempes baignées de sueur pour saluer et ressortit en soufflant comme un phoque. Franz ferma le tabac et se retira dans sa petite chambre, où il s'assit au bord de son lit pour examiner l'enveloppe qui portait en haut, à droite, un timbre à l'effigie du fier maréchal d'empire autrichien Radetzky et, à côté, à gauche, la mention en fines lettres du nom de sa mère. Il l'ouvrit, les doigts tremblants d'impatience, et commença à lire.

Mon cher Franzl,

Je te remercie de tout cœur de ta lettre. C'est une très belle lettre et elle m'a fait vraiment plaisir ! Chez nous, il fait chaud. Le Schaffberg est très avenant, et le lac tantôt argenté, tantôt bleu ou vert, comme ça lui chante. Ils ont planté de grands étendards avec des croix gammées sur l'autre rive. Ils se reflètent dans l'eau, ça fait très net. De toute façon, tout le monde est devenu très net tout d'un coup et se promène en prenant l'air important. Figure-toi que le Hitler est maintenant suspendu aussi à l'auberge et à l'école. Juste à côté du Christ. Alors qu'on ne sait même pas ce qu'ils pensent l'un de l'autre. La belle auto du Preininger a malheureusement été réquisitionnée. C'est comme ça qu'on dit aujourd'hui quand les choses disparaissent et qu'elles réapparaissent tout d'un coup à un autre endroit. Remarque, l'auto n'est pas allée bien loin. Puisque c'est monsieur notre maire qui se promène dedans maintenant. Depuis que monsieur notre maire est devenu nazi, il a plein de facilités. Tout le monde veut devenir nazi tout d'un coup. Même le garde forestier se balade dans les bois avec un brassard rouge comme un lampion et s'étonne de ne plus toucher de bêtes. À propos, est-ce que tu te souviens de notre bateau d'excursion, le Hannes *? Ils l'ont repeint et rebaptisé. Il brille comme un sou neuf et s'appelle* Retour au pays. *N'empêche qu'à sa première traversée sous ce nouveau nom, son* *moteur diesel a explosé et qu'il a fallu ramener tout le monde à la rame dans les vieux canots. Ah, Franzl, mon garçon chéri, je me demande comment tout ça va finir ! Le Preininger est mort, et toi qui es si loin ! Quelquefois, quand je suis au lit, j'en pleure dans mon oreiller de n'avoir plus personne à m'occuper. Et plus personne qui s'occupe de moi. Mais il y a aussi de bonnes choses : figure-toi que j'ai trouvé du travail ! Le Léopold d'or a ouvert des chambres d'hôtes, et je vais y faire le ménage trois fois par semaine. Le salaire n'est pas mirobolant, mais il y a les pourboires. Une fois, le patron m'a guettée et jetée sur le lit d'un client. Je lui ai dit que j'étais la bonne amie de l'Obersturmbannführer Graleitner, de Linz, et que ça ne lui plairait sûrement pas. L'aubergiste a eu la frousse, il a bafouillé qu'on s'était mal compris, que c'était trop bête ! Depuis, il me laisse tranquille. S'il savait que l'Obersturmbannführer Graleitner, c'est moi qui l'ai inventé !*

Cela me fait beaucoup de peine que l'Otto Tresniek soit tombé malade. J'espère qu'il va vite se remettre. Transmets-lui tous mes vœux de prompt rétablissement, s'il te plaît. Sous ses airs de buraliste bourru, il cache une âme délicate et sensible. Du moins, c'est l'impression que j'ai. Ce n'est sûrement pas évident de laisser une jambe dans les tranchées. Surtout si on se demande pour qui finalement. Ce n'est donc pas étonnant que l'âme en prenne un coup, elle aussi, n'est-ce pas ?

Honnêtement, je ne sais pas trop quoi penser de tes relations avec le professeur Freud. Cela ne me plaît pas beaucoup. Autrefois je pouvais t'interdire de fréquenter les garçons qui ne me convenaient pas. Mais c'est fini. Maintenant tu as l'âge de savoir ce que tu as à faire. Mais n'oublie pas que même si les Juifs sont des gens convenables, ça risque de ne pas leur servir à grand-chose, vu que tout le monde autour d'eux a renoncé à l'être depuis longtemps !

Mon cher Franzl, bien sûr, je regrette que ce soit raté pour le moment ou définitivement avec cette jeune fille. Surtout que les femmes de Bohême ont la réputation de faire drôlement bien la cuisine. D'un autre côté, qui sait si ce n'était pas mieux ainsi ? On dit parfois : amour nouveau chassera l'ancien. Tu me demandes si je sais quoi que ce soit de l'amour. À vrai dire, je ne sais rien de l'amour. Même si je l'ai connu. Personne ne sait rien de l'amour. Et pourtant, la plupart des gens l'ont vécu à un moment ou à un autre. L'amour va et vient, on n'est pas plus avancé sur l'amour après qu'avant, et encore moins quand il est là. Je vais te dire une chose : personne n'est vraiment fait pour l'amour, et pourtant, ou peut-être justement à cause de ça, il attrape presque tout le monde un jour ou l'autre !

Cela me fend le cœur d'apprendre que tu es parfois triste. Que te dire ? Il y a autant de manières d'être triste que de moments dans la vie. Et même peut-être encore plus. Que tu saches d'où vient tel ou tel moment de tristesse ne change rien à l'affaire. Cela fait partie de la vie. Si tu veux mon avis, même les animaux ont leurs moments de tristesse. Et peut-être même aussi les arbres. Il n'y a que les pierres qui n'en ont pas. Elles restent simplement là par terre sans rien faire. Mais qui aurait envie d'être une pierre ?

Mon cher Franzl, est-ce que tu manges assez ? Tu as toujours été si mince ! On ne voyait qu'un trait dans le paysage quand tu plongeais dans le lac. Mince, lisse et blanc comme un omble au printemps. Je ne devrais pas te le dire, je le sais, mais parfois je vais voir dans la caisse où sont rangées tes affaires. J'en retire un de tes vieux pull-overs, je le tiens tout près de mon visage et je respire son odeur. Je crois qu'en vieillissant les gens deviennent de plus en plus bizarres. J'ai déjà des cheveux gris, mais, au moins, le derrière est resté à peu près ferme. L'aubergiste est lourd et peu ragoûtant, mais depuis quelques jours il y a un des nouveaux guides qui me tourne autour. Un beau gars moustachu avec de grandes mains, qui a du charme. On verra bien ce que ça donnera. Il faut que je m'arrête maintenant et que j'aille à l'auberge. Il y a des Munichois en uniforme qui se sont installés, ils font beaucoup de bruit et encore plus de linge sale. J'aurais tant aimé t'envoyer un strudel aux pommes de terre, mais, avec la poste qu'on a maintenant, on n'est sûr de rien. Mon cher, très cher garçon, tu ne quittes jamais mon cœur !

Ta mère.

Franz tâta du bout des doigts le papier à lettres finement texturé. Une sensation étrange l'envahit, telle une grosse bulle qui pétilla le long de sa colonne vertébrale et s'insinua par la nuque dans la région de l'occiput où elle flotta agréablement un petit moment. *Ta mère*, avait-elle écrit, et non *Ta maman*, comme sur les cartes postales ou avant, lorsqu'elle lui laissait des petits mots tout griffonnés sur la table de la cuisine. Les enfants ont des mamans, les hommes ont des mères. Il replia la lettre et y plongea son nez. Elle sentait les planches de ponton putrides et les roseaux secs de l'été, les petits morceaux d'écorce calcinés, le beurre clarifié en train de fondre et le tablier maternel saupoudré de farine.

Cette nuit-là, Franz rêva de son défunt père, un forestier de Bad Goisern qu'il n'avait jamais connu, car un chêne blanc pourri l'avait assommé quelques jours avant sa naissance, et dont on disait qu'il n'était guère plus causant vivant que mort. Dans le rêve, ils marchaient sur un sentier entre des champs silencieux. Franz était encore petit et avait de la poussière dans les cheveux. Le soleil était haut dans le ciel au-dessus d'eux, et son père se confondait avec son ombre. Ils arrivèrent à une grande administration et pénétrèrent dans un hall d'entrée aux marbres étincelants. Au milieu siégeait un gros homme qui tamponnait son sous-main à tour de bras. Une file de personnes se forma rapidement devant lui, tout le monde voulait un tampon, mais le gros restait sourd aux prières et aux supplications. Il agitait frénétiquement son tampon, qui fendait l'air en s'abattant sur son sous-main. Ses coups résonnaient dans la pièce comme une canonnade, tandis qu'un cor doré proclamait dans un bruit clinquant l'avènement d'une époque grandiose. Son père prit Franz par la main et tenta de s'insérer dans la file des gens. Il avait peur. Sa main était sèche et rugueuse comme un bout de bois. Pardon, répétait-il sans arrêt, plus pour lui-même que pour les gens, pardon, pardon, pardon. Exactement ! dit le gros postier d'un air triomphant, et il appliqua son tampon sur le front de son père, le mot AVENIR s'y imprima, et du sang se mit à couler en fines rigoles entre les lettres. Franz s'éveilla trempé de sueur, avec un drôle de frémissement à l'endroit du cœur. À peine émergé du sommeil dans un tourbillon comateux, il écrivit son rêve sur une feuille de papier :

Une promenade avec mon père, le soleil brûle, et nous allons à la grande administration où un gros homme tamponne quelque chose à tour de bras, mon père se faufile dans la queue en s'excusant, un cor doré braille, et le gros imprime avec un tampon le mot AVENIR *et une plaie ouverte sur le front de mon père.*

Il garda la feuille devant lui sur le comptoir toute la matinée en s'efforçant de ne pas la regarder sans cesse. Ce gros homme était finalement assez minable, même s'il en imposait au premier abord, se disait-il. Minable et aussi un peu seul malgré ses grands airs, et, en plus, prisonnier du rêve d'un apprenti buraliste qui lui était parfaitement inconnu. On devrait pouvoir regarder dans la tête des gens, se dit-il, mais juste pendant leur sommeil. Dans la journée, franchement, on n'avait aucune envie de savoir ce qui se passait dans l'esprit des gens, et de toute manière il n'y avait pas grand-chose à attendre du contenu moyen d'une tête humaine. Dans la nuit, en revanche, dans le silence de ces heures obscures, c'était différent. La prudence ne vous barrait plus la route, et les peurs, les lubricités et les idées folles pouvaient se donner libre cours dans votre cervelle. Franz aurait bien aimé parler de ses rêves avec quelqu'un, de préférence avec Anezka, à défaut avec le professeur ou avec Otto Tresniek, ou en désespoir de cause avec un client. Mais, ce matin-là, il ne vint que deux personnes dans le tabac : madame Veithammer qui voulait le nouveau numéro de l'*Illustrierte Wochenpost* et sauta sur l'occasion de se plaindre de son époux défunt, bon à rien même sous terre, puisque les fleurs commençaient à se faner au-dessus de lui sans avoir commencé à éclore, et une petite fille qui voulait un crayon à papier à mine moyenne et compta les sous un à un dans la main de Franz de ses doigts minuscules. Évidemment, on ne pouvait guère attendre de l'une ou de l'autre de grandes lumières ou une aide quelconque concernant la teneur des rêves. Mais, se dit Franz, l'essentiel n'est peut-être pas d'échanger des points de vue sur les rêves, leur sens éventuel ou leur non-sens probable, il s'agit peut-être uniquement de faire part de ses rêves sans attendre quoi que ce soit en retour, de les projeter simplement comme au cinéma sur l'écran vide du monde extérieur et de provoquer ainsi quelque chose chez celui qui passait par hasard ou celui qui venait regarder exprès, et pourquoi pas, quelque chose d'important ou de durable. Il poussa un gros soupir et s'écroula dans le fauteuil. Suivre ainsi en tâtonnant le cours de pensées aussi inédites et aussi obscures l'épuisait. À travers la vitre, son regard tomba sur la rangée des maisons d'en face. Une des fenêtres était presque complètement obstruée par les plantes vertes. Derrière se mouvait le maillot de corps blanc d'un homme qui allait et venait dans la pénombre. Franz soupira. Il pensa à la forêt, au bruissement apaisant des arbres, et au gazouillis des oiseaux qui était omniprésent mais ne paraissait jamais troubler la tranquillité des bois. La tache verdâtre d'une chiure de pigeon collait à la vitrine à hauteur d'yeux. Les oiseaux des villes ne gazouillent pas, ils piaillent, songea-t-il, maussade. Et puis ils chient sur votre chapeau ou votre vitrine et vont se nicher dans un coin de grenier pour y mourir, en laissant un tas d'os poussiéreux, quelques plumes et un peu de puanteur. Il poussa un soupir encore plus gros, et presque en même temps que le soupir lui vint une idée : il alla chercher un peu de papier collant dans le tiroir, prit la feuille avec son rêve, y inscrivit la date dans le coin en haut à droite, l'emporta dans la rue et la colla à la vitre en plein sur la chiure d'oiseau. Il recula d'un pas pour examiner la petite affiche du rêve. Ensuite il ferma les yeux et inspira à pleins poumons l'air printanier de Vienne. Le mot AVENIR clignota un tout petit moment derrière ses paupières, rose et clair comme une réclame lumineuse du Prater. Puis un fourgon de livraison des Fabriques de glaces viennoises associées, chargé de blocs de glace, pétarada derrière lui, et il rentra dans le tabac.

Les premières personnes qui s'intéressèrent de près à cette bizarrerie collée à la vitrine du tabac Tresniek furent trois retraitées, qui plaquèrent leurs figures ridées comme des pommes contre la feuille. Assis sans bouger à l'ombre du comptoir, Franz les observa cligner leurs yeux qui disparaissaient presque dans de petits nids de rides, et remuer de concert en silence leurs lèvres fanées pour déchiffrer les mots. Visiblement, aucune des trois n'y comprit goutte. Elles restèrent là un moment, ouvrant toutes grandes leurs bouches édentées, puis s'éloignèrent en trottinant. Après elles, deux jeunes filles en manteaux clairs s'arrêtèrent devant la vitrine. Après avoir lu la feuille, elles mirent leur main en visière au-dessus de leurs yeux et s'aplatirent le nez pour regarder à l'intérieur du magasin. Quand elles aperçurent Franz, elles s'enfuirent en gloussant. Il contemplait encore les deux taches de leur haleine s'estompant sur la vitre, quand arriva le passant suivant : un ouvrier au visage maculé de cambouis, une cigarette roulée, fichée de travers, au coin du bec. Il parcourut les mots en plissant le front, réfléchit un instant, puis pénétra dans le tabac et se posta devant le comptoir. Il voulait savoir ce que signifiait cette histoire avec ces drôles de gribouillis sur la feuille, là-dehors !

Rien du tout, dit Franz, enfin rien de spécial.

Ça, il avait un peu de mal à le croire, objecta l'ouvrier, parce qu'on ne collait pas des gribouillis sans importance comme ça sur une vitrine, juste parce qu'on avait du vague à l'âme ou qu'on s'embêtait, ou les deux à la fois.

C'était bien possible, répliqua Franz, mais ce qui était important pour les uns pouvait paraître à d'autres sans intérêt ou même inutile.

L'ouvrier considéra la pointe de ses chaussures et fit passer pensivement sa cigarette dans l'autre coin de sa bouche. Est-ce que par hasard le jeune buraliste le prendrait pour un couillon, demanda-t-il à voix basse, un type qui serait incapable de décider entre ce qui est important et ce qui est inutile.

Ce n'était pas du tout ce qu'il voulait dire, bien entendu, répondit Franz sans mentir le moins du monde, les couillons, de nos jours, étaient ailleurs.

Où donc ? s'enquit l'ouvrier.

En fait, partout, dit Franz, sauf ici dans le tabac.

L'ouvrier hocha la tête. Là, le jeune monsieur buraliste pourrait bien avoir raison, remarquat-il, n'empêche qu'il voulait quand même savoir ce que c'était que cette feuille à la fin, nom d'un petit bonhomme.

Un rêve, juste un rêve, dit Franz.

Un petit flocon de cendre se détacha de la cigarette roulée et tomba sur les dalles en un lent tourbillon.

Si c'était tout, observa l'ouvrier, déçu, c'était plutôt inutile, effectivement, du moins en ce qui le concernait.

C'est exactement ce qu'il lui avait dit, rétorqua Franz, sauf qu'il était encore trop tôt pour se prononcer sur une éventuelle inutilité. Car, poursuivit-il, peut-être qu'une feuille collée sur une vitrine, qui racontait un rêve parfaitement étranger, pouvait un jour ou l'autre émouvoir un passant qui l'examinerait par hasard ou avoir une quelconque influence sur lui, on ne sait jamais.

Oui, approuva l'ouvrier avec un soupir las, on ne sait jamais, c'est vrai. Mais est-ce qu'il pouvait avoir un paquet de tabac oriental, deux boîtes d'allumettes et le *Sport-Blatt*, maintenant ?

Mais bien sûr qu'il pouvait, dit Franz, c'est même à ça que servaient les tabacs, finalement.

À partir de ce moment, Franz colla chaque jour une nouvelle feuille à côté de la porte. Chaque matin, avant l'ouverture du magasin, il sortait dans la rue en pyjama, les cheveux en bataille, et collait un rêve tout frais sur la vitrine encore froide de la nuit. Et ça ne passa pas inaperçu. La curiosité et la faculté d'oubli des gens n'avaient pas encore cédé devant leur peur, et ce tabac, qui hier encore était celui qui avait vendu des « revues galantes » aux Juifs et aux communistes, était maintenant le tabac avec de drôles de petites histoires sur la vitrine. Ceux qui passaient et découvraient la feuille s'arrêtaient pour la lire. La plupart la fixaient brièvement d'un regard inexpressif et poursuivaient leur route. Certains prenaient l'air dégoûté et s'indignaient sans mot dire. D'autres secouaient la tête et lançaient quelques imprécations vers la porte d'entrée. Mais, de temps à autre, Franz voyait quelqu'un devenir songeur en lisant, puis s'en aller en silence, emportant avec lui ce petit moment de réflexion. Les gens lisaient par exemple :

9 avril 1938

On entend une chanson, elle parle d'amour, mais la mélodie s'enraye, quelqu'un rit, saute de l'église votive tout de suite après, mais la terre est molle, et les fleurs fleurissent de toutes les couleurs, personne n'a vu l'homme mort, et une grue dessine une croix dans le ciel.

ou

12 avril 1938

Je suis au bord du lac avec ma mère, un bateau vient droit sur nous, j'ai peur, mais ma mère me prend par la main : TOUT VA BIEN, PUISQUE

TU ES MON ENFANT ! *Mais le bateau continue à avancer, le lac tangue, ma mère n'est plus là, et le bateau me rentre dans le cœur avec fracas.*

ou

15 avril 1938

Une fille se promène au Prater, elle monte sur la Grande Roue, partout les croix gammées lancent des éclairs, la fille monte de plus en plus haut, soudain les racines se cassent, et la Grande Roue roule sur la ville et écrase tout, la fille crie hurrah, sa robe est légère et blanche comme un lambeau de nuage.

Madame le Dr Dr Heinzl, qui avait rechangé de trottoir entre-temps, trouva la feuille avec la robe qui ressemblait à un lambeau de nuage particulièrement intéressante. Elle resta longtemps devant la vitrine en fronçant les sourcils et relut le paragraphe plusieurs fois de suite. Elle avait vaguement l'impression que ça lui rappelait quelque chose, mais impossible de dire quoi. Mais ça ne devait pas être un souvenir bien désagréable, car quand elle repartit enfin, la tête légèrement baissée, en direction de la Schwarzspanierstrasse, elle eut un petit rire cristallin qui ricocha sur les pavés avec un bruit de bijou qu'on laisse tomber.

Une semaine après qu'on eut embarqué Otto Tresniek, Franz avait tenté une première fois d'entrer en contact avec le buraliste, ou plus exactement d'arriver d'abord à savoir où il se trouvait. Au poste de police d'Alsergrund, les fonctionnaires le reçurent aimablement, mais ils n'avaient pas le temps, et ils avaient d'autres chats à fouetter. Au poste de police du centre-ville, l'employé de service au guichet était bien moins aimable, mais il put toutefois le renvoyer au bureau de la police secrète d'État récemment créée, compétente pour ce genre de cas. Franz se mit donc en route pour la Morzinplatz, où ladite Gestapo s'était installée dans l'ancien hôtel Metropol, un bâtiment pompeux avec une entrée à grosses colonnes de marbre, devant lequel trois grands étendards arborant des croix gammées claquaient dans l'air suave du printemps. Derrière les fenêtres des étages supérieurs, on s'activait beaucoup ; des hommes en uniforme ou des femmes en costume gris, les bras chargés de piles de dossiers, passaient d'un pas rapide, échangeaient quelques mots, hochaient la tête, souriaient et saluaient. De temps en temps, quelqu'un posait sa casquette sur le rebord de la fenêtre et fumait une cigarette dans l'air printanier, en laissant errer son regard en direction du Kahlenberg. Seules les fenêtres de l'étage inférieur étaient sombres, aveugles, masquées par des grilles et de lourds stores métalliques.

Franz pénétra dans le hall d'entrée, où un portier en uniforme bleu s'avança immédiatement : « Peut-on être utile au jeune monsieur ?

— Je l'espère ! dit Franz en écoutant un instant sa propre voix résonner dans le vaste espace. Je m'appelle Franz Huchel et je cherche un buraliste innocent et néanmoins emmené ou arrêté ou enlevé, nommé Otto Tresniek.

— A priori, dans cette maison, personne n'est censé être innocent, objecta le portier en étirant ses lèvres en un sourire las. Du moins personne qui ne porte pas l'uniforme. Le jeune monsieur a-t-il déjà déposé une requête écrite ? »

Franz secoua la tête. « Je suis pas venu déposer une demande, mais tout bonnement chercher le buraliste Otto Tresniek pour le ramener là où il doit être, à savoir dans son tabac !

— Sans dépôt de demande, pas de renseignement », dit le portier.

Franz leva les yeux au plafond, où était accroché un gigantesque lustre pourvu d'innombrables pampilles de verre. L'espace d'une seconde, il eut l'impression que le lustre s'était mis à bouger et à tourner très lentement sur son axe. Il baissa de nouveau les yeux. « Eh bien, dans ce cas je reviendrai ! annonça-t-il.

— Je vous demande pardon ? dit le portier.

— Eh bien, dans ce cas je reviendrai. Demain. Après-demain. Le jour d'après. Et ainsi de suite. Chaque jour, à la même heure, midi donc. Jusqu'à ce qu'on me dise où se trouve Otto Tresniek, comment il va et quand je peux le ramener à la maison ! »

Ainsi fit-il. Chaque jour, à midi précis, il fermait le tabac, faisait un petit détour par la

Berggasse (où il espérait secrètement apercevoir la silhouette voûtée du professeur derrière un rideau du premier étage), se rendait ensuite à l'ex-hôtel Metropol en suivant le quai François-Joseph, traversait le grand hall d'entrée haut de plafond, se campait devant le portier et disait : « Bonjour, j'aimerais savoir à quel endroit se trouve le buraliste Otto Tresniek ! »

Les premiers jours, le portier s'était efforcé de lui répondre en déployant toute la patience dont l'avait armé sa longue pratique de fonctionnaire, il avait évoqué toutes sortes de requêtes administratives, demandes officielles, formulaires à remplir, et invoqué l'obligation de respecter la voie hiérarchique. Mais comme rien ne semblait entamer la détermination de cet insolent gamin, qui acquiesçait toujours avec aménité mais n'en démordait pas, et s'obstinait, têtu comme une mule, à attendre un bon quart d'heure avant de prendre congé poliment, pour revenir le jour suivant, à midi et quart tapant, réclamer son buraliste, cette impassibilité péniblement inculquée par de longues années de service s'effrita peu à peu, et finit par voler en éclats. Et un lundi midi lumineux, quand Franz réapparut pour la ixième fois et dit : « Bonjour, j'aimerais savoir à quel endroit se trouve le buraliste Otto Tresniek ! », le portier esquissa un haussement d'épaules presque imperceptible, s'empara du combiné d'un téléphone noir suspendu au mur derrière lui, composa un numéro à deux chiffres et marmonna quelques paroles indistinctes. Il s'écoula à peu près dix secondes de silence avant que s'ouvre à toute volée une porte dissimulée dans la tapisserie près du téléphone, qui fit place à un homme vêtu d'un complet de lin beige. En se dirigeant vers Franz, il avait l'air de sourire, mais, à y regarder de plus près, ce n'était qu'une ombre sous sa petite moustache blond clair presque blanche. Une ombre de sourire, eut encore le temps de penser Franz, déjà l'homme était sur lui, lui pliait la tête en arrière en lui tirant les cheveux, lui tordait le bras dans le dos d'une prise rapide, lui faisait passer la porte du hall et le traînait dehors.

Franz sentit le pavé sous ses talons et la main de l'homme qui étreignait son avant-bras telle une pince de bois, il vit le ciel légèrement nuageux au-dessus de lui et les trois étendards avec les croix gammées. Puis il y eut une secousse, son bras fut libéré brutalement, et, la seconde d'après, son visage alla cogner contre le sol. Il tituba dans un trou noir et entendit un bruit insolite. Comme le grésillement d'une baguette mouillée dans la braise, se dit-il avant de sombrer. Quand il émergea dans la lumière, quelques instants après, il se retrouva nez à nez avec les godasses du blond. C'étaient des chaussures basses en cuir souple, cousues au petit point, brillantes de propreté. Pas une rayure, pas une tache, pas un grain de poussière, du beau cuir lisse, impeccable. Franz leva la tête et regarda la figure du type. Vu d'en bas, dans le contre-jour du ciel de midi, sa petite moustache faisait penser à du raphia brillant. À ses côtés surgit la tête du portier casquettée de bleu.

« Il vaudrait peut-être mieux que le jeune monsieur s'abstienne de revenir. Dans le cas contraire, il risquerait en effet... » Il observa un temps d'arrêt, s'éclaircit longuement la gorge et chassa d'un clignement d'yeux quelque poussière invisible. « Dans le cas contraire, il risquerait en effet de demeurer l'hôte du Metropol plus longtemps qu'il ne le souhaite. Le jeune monsieur a-t-il bien compris ? » Franz hocha la tête. Le portier extirpa de la poche de sa veste un mouchoir immaculé. Il le déplia soigneusement, le tendit à la lumière comme une toile de parasol et en caressa du bout de l'annulaire le bord finement ourlé ainsi que les plis soigneusement repassés. Puis il se baissa et le fourra entre les doigts de Franz en disant : « Essuie-toi la figure et rentre chez toi, mon p'tit gars. »

Franz attendit qu'ils eussent disparu tous les deux dans le bâtiment pour presser le mouchoir contre sa bouche. Le tissu s'imprégna immédiatement de sang clair. Sa langue était enflée et reposait, brûlante, dans sa cavité buccale, tel un corps étranger. Une de ses incisives était branlante. Franz la saisit du bout des doigts et tira. Elle céda avec une petite secousse. C'était une belle dent lisse. Seule la racine montrait une cassure tranchante et sanguinolente. Il la déposerait dans le tiroir de sa table de nuit, pensa-t-il, auprès des cartes, de la lettre de sa mère et du petit corps du papillon tombé du ciel nocturne.

Trois semaines plus tard, le matin du 17 mai 1938, l'été fit son apparition. Une plaisante brise tiède chassa des rues la fraîcheur nocturne, qu'elle expédia au-dessus de la plaine du Danube en direction de Schwechat. Dans toute la ville, on ouvrait les fenêtres, on secouait les couettes et les coussins, et les plumes de duvet planaient dans l'air comme de petites fleurs blanches. Tôt le matin, les files de ménagères et d'ouvriers s'allongeaient devant les boulangeries, ça sentait les petits pains frais et le café. Les premiers tramways sortaient des dépôts en grinçant paresseusement, et par endroits fumait sur le pavé le crottin des Halflinger qui transportaient le lait. Au Naschmarkt, les maraîchers avaient sorti leurs marchandises depuis longtemps, et, devant le vieil étal de monsieur Podgacék qui était encore plus vieux que son étal, les premières retraitées se disputaient déjà les choux-fleurs les plus gros et les pommes de terre les plus farineuses. Dans la grande allée du Prater, les haltérophiles du club des employés du tram se retrouvaient pour un dernier entraînement en plein air avant la grande compétition qui les opposerait à la Germania. Ils étiraient mollement leurs membres en bâillant, le regard perdu au-delà des cimes des marronniers, où les gondoles de la Grande Roue étincelaient dans le soleil matinal. Dans les caves de l'immeuble de la Gestapo, à l'ancienne buanderie de l'hôtel Metropol, quinze commerçants juifs avaient dû se déshabiller et attendaient nus, les mains sur la tête, qu'on vienne les chercher pour les interroger un à un. Leurs vêtements formaient au centre de la pièce un tas pointu, terminé par une casquette à carreaux bosselée qui rappelait celle des acteurs de films muets américains. Sur le quai numéro deux de la Westbahnhof de Vienne, quatre cent cinquante-deux prisonniers politiques, entassés dans les wagons de queue d'un train spécial, attendaient d'être transportés à Dachau. Sur le quai d'en face, une vieille femme et un petit garçon assis côte à côte mordaient à tour de rôle dans une grande tartine beurrée. Bien au-dessus d'eux, sous le toit de la gare, quelques hirondelles sortaient en s'ébrouant d'un coin d'ombre et disparaissaient vers Hütteldorf en fendant l'air bruyamment. Lorsque retentit le sifflement strident du départ et que le train s'ébranla, le petit garçon sauta du banc et courut en riant et en agitant la main le long du quai. À ce moment se produisit quelque chose d'étrange : tous les prisonniers aux fenêtres agitèrent la main à leur tour. Le petit garçon courut jusqu'à l'extrémité du quai. Là, il s'arrêta et mit sa main en visière au-dessus de ses yeux. Le train se fondit peu à peu au loin dans le contre-jour du soleil matinal, semblable à un immense ver de terre qui s'éloignait lentement en rampant et en agitant d'innombrables bras.

C'est à peu près à la même heure que le facteur Heribert Pfründner remonta la Berggasse en soufflant, lesté de son sac qui pesait des tonnes. Il suait abondamment, il avait des ballonnements, et le goût du café matinal de son épouse à la bouche : fade et un peu amer. Comme la vie de facteur, en gros, se dit Heribert Pfründner maussadement, du moins avant neuf heures du matin. Depuis que les nazis s'étaient incrustés jusque dans la centrale de la poste, les Viennois recevaient leur courrier dès potron-minet, ce qui obligeait Heribert Pfründner et ses collègues à sortir du lit une heure plus tôt, le café ballottait dans son estomac et lui semblait encore plus fade et plus amer que jamais au cours de ses trente-trois années de service. Alors qu'on aurait pu se prélasser au bord d'un lac ou d'un étang ou d'une de ces mares de la forêt viennoise pas totalement infestées de moustiques, tremper ses pieds gonflés dans l'eau et ne plus penser à rien, ou au moins s'allonger sur la rive du Danube en sirotant sa troisième chope de bière et en regardant le temps s'écouler paresseusement. Devant le numéro 19 de la Berggasse, les deux inévitables mouchards en civil faisaient le pied de grue comme toujours depuis quelques semaines, silhouettes louches aux yeux battus et au teint jauni par le tabac.

« Heilhitler ! » marmonna le facteur en tripotant son trousseau de clés de ses mains trempées de sueur pour ouvrir le portail et gagner les boîtes aux lettres. Cette fois aussi ils l'arrêtèrent. Ils l'arrêtaient toujours. Toujours ils voulaient savoir ce qu'il y avait dans le sac du courrier. Toujours ils l'obligeaient à leur montrer en particulier les lettres adressées au professeur Sigmund Freud, exposaient les enveloppes à la lumière, en déchiffraient les expéditeurs et tentaient de découvrir ce qu'il y avait à l'intérieur en les palpant de leurs doigts jaunis par le tabac. Et toujours ils confisquaient un ou plusieurs envois. Aujourd'hui deux : une enveloppe grande et lourde à l'écriture déliée, adressée à « monsieur le Professeur Dr Freud », ainsi qu'une petite lettre bleu pâle aux bords un peu écornés. Qui devait venir d'Angleterre, se dit Heribert Pfründner, ou peut-être de Hollande, en tout cas d'un pays avec une reine au regard sévère mais non dénué de bonté sur les timbres-poste. Il ouvrit, répartit à la hâte le courrier dans les boîtes et décampa en ébauchant un signe de tête muet. Les lettres suspectes avaient disparu depuis longtemps dans les poches déformées des types en civil. Et qui sait, peut-être n'avaient-ils pas tort, se dit Heribert Pfründner, en fin de compte, ce Freud était premièrement un professeur, deuxièmement un youpin, et, avec ces deux sortes d'oiseaux, on ne savait jamais, c'était connu. En tout cas, c'était le meilleur client du secteur, si bien que, après la distribution du courrier au numéro 19 de la Berggasse, le sac avait, cette fois encore, perdu la majeure partie de son poids, ce qui rendait l'exécution du reste de la tournée incontestablement plus légère et plus plaisante. Et quand le facteur Heribert Pfründner tourna enfin dans la Währingerstrasse et vit surgir dans la clarté lumineuse de ce début de matinée la maigre silhouette du jeune buraliste Franz Huchel, il ressentait déjà dans les mollets cette sensation bénie de fraîcheur et de légèreté qui préludait à la fin imminente de son service.

Toute la nuit, Franz s'était débattu dans le brouhaha d'un rêve confus, un chaos de paroles, de sons et d'images qui se succédaient à toute vitesse. Le réveil avait été une délivrance et, bien qu'aux premiers clignements d'yeux le souvenir eût commencé à se dissoudre comme une traînée de brume dans l'aube naissante, il s'efforça de coucher sur le papier quelques mots susceptibles de donner une idée de ce chaos. Le regard encore voilé, il sortit du tabac peu après pour coller la fiche sur la vitrine. Il ressentit une brève douleur à la bouche. Quelques jours après sa dernière visite à la Gestapo, sa langue et sa mâchoire avaient désenflé, et il s'était fait tant bien que mal à ce trou dans sa bouche. Et même, au fond, ce petit vide ne lui déplaisait pas, il jouait à passer le bout de sa langue sur les parois lisses des dents voisines et la chair douce et chaude de la gencive qui cicatrisait lentement, et il pensait à Anezka, aux dents d'Anezka, au petit théâtre entre ses incisives et à sa langue rose.

« Heilhitler ! Permettez ? » Le facteur s'était approché derrière lui à pas de velours et se penchait sur la vitrine, en affichant un certain intérêt en comédien accompli. Il lut :

17 mai 1938

Un tramway tintinnabulant traverse la forêt, les yeux du lièvre sont des gouttes sombres, des gondoles sont suspendues dans les arbres, et au-dessus des nuages la peur blanche est à l'affût, quelque chose ronge mes racines, il aurait peut-être fallu éteindre la braise ?

« Ah, ah, s'exclama le facteur en sortant de son inertie passagère. Intéressant. Surtout le passage avec le lièvre !

— Oui, dit Franz. Vous avez du courrier pour moi ?

— Ah oui, bien sûr, acquiesça le facteur, en sortant de son sac agréablement avachi le dernier paquet de la tournée du jour : une longue boîte enveloppée de papier d'emballage marron et soigneusement cachetée. Permettez, et même un paquet des autorités, aujourd'hui ! »

Franz prit le paquet et remercia. Avec un petit grognement qui se voulait sans doute aimable et bienveillant, le facteur effleura le bord de sa casquette et entama d'un pied léger les cent derniers mètres de son parcours, se hâtant vers l'imminence réjouissante de sa première bière matinale.

Franz porta le paquet à l'intérieur, le posa sur le comptoir et l'examina à la lueur de la petite lampe. L'envoi lui était personnellement adressé. Monsieur Franz Huchel, gérant du bureau de tabac Tresniek, Vienne 9, Währingerstrasse. L'expéditeur dont le tampon était imprimé en bleu s'intitulait : « L'Inspecteur de la Police de la Sécurité, Vienne 1, Morzinplatz 4 » ; Franz savoura un instant le mot « gérant » qui irradia sa cage thoracique d'une chaude sensation de fierté, puis il déchira l'emballage et ouvrit le colis. Sur le dessus se trouvait un courrier également tamponné à l'encre bleue, tapé à la machine et assorti d'une signature peu lisible :

L'Inspecteur de la Police de la Sécurité Vienne, le...
16 mai 1938...
LVII-711-75/39g
Prière de mentionner dans la réponse le numéro de dossier et la date ci-dessus

À :
Monsieur Franz Huchel
Gérant
du bureau de tabac Tresniek
Währingerstrasse
Wien 9

Objet : Réexpédition d'effets / de valeur / personnels
Pièce jointe : 1

Concernant l'affaire citée en objet, nous avons l'honneur de vous informer du décès du buraliste de votre connaissance, monsieur Otto Tresniek. Monsieur T. a succombé à une affection cardiaque dont la cause n'a pu être établie, dans la nuit du 14 mai, dans les locaux de l'administration centrale de la Gestapo, Vienne 1, Morzinplatz 4. L'inhumation par la municipalité viennoise a eu lieu le 15 mai 1938 au cimetière central de Vienne, Groupe 40, Rangée IV, 2.

Monsieur T. a été arrêté officiellement en avril de cette année et accusé des délits suivants :

— suspicion d'activités contre l'État
— trouble de l'ordre public
— tentative de sape contre l'État et le Parti
— possession illégale de cachets officiels

Il sera statué au cours des prochaines semaines sur la saisie et la confiscation des biens et objets de valeur (éventuels). Jusque-là, les revendications et prétentions de tierces personnes quant à ces biens et objets de valeur sont irrecevables. Pendant cette période intermédiaire, M. Franz Huchel, né le 7 août 1920 à Nussdorf sur l'Attersee, est autorisé par ordonnance de référé à prendre les dispositions nécessaires à la poursuite des activités commerciales et à assumer provisoirement la gérance du bureau de tabac Tresniek.

Nous vous adressons à notre décharge les effets personnels et les objets de valeur de monsieur Tresniek, à savoir :

1 trousseau de clés
1 porte-monnaie (vide)
1 photo (personne inconnue)
1 veste de lainage
1 paire de chaussures
1 pantalon (endommagé)

Copies à : B/MA/G

Le Chef de bureau
Dr Kernsteiner
Signature..................

Franz posa le courrier sur la pile de revues dédiées à la femme moderne et étala les affaires sur le comptoir : les chaussures au milieu ; le tas de la veste en laine à gauche ; le trousseau de clés en haut, au bord du sous-main ; le porte-monnaie à côté de l'encrier, et la photo juste sous le faisceau lumineux de la lampe de bureau. Elle montrait Otto Tresniek jeune homme, en uniforme, le dos appuyé contre un mur de briques. Sa jambe gauche repliée prenait appui contre le mur. À côté de son épaule pendait sa casquette, accrochée à un clou ou à une brique mal alignée. Il avait l'air las. On aurait dit qu'il voulait se décharger sur le mur du poids de son corps. Il fixait quelque chose au loin, et son regard passait juste à côté de la caméra. Les affaires ainsi exposées sur le comptoir faisaient bel effet. Il faudrait les peindre, se dit Franz, ou engager le photographe du manège aux poneys qui pourrait les immortaliser. Une petite nature morte intitulée « Reliques d'une vie de buraliste ». Il prit le pantalon soigneusement plié, l'étendit contre sa poitrine et le leva vers la vitrine en laissant le moignon d'étoffe osciller dans le contre-jour. Le tissu était mince et élimé. Si le buraliste avait continué à porter ce pantalon, son genou aurait fini par poindre à travers le tissu comme à travers une petite fenêtre finement grillagée. Franz le replaça sur le comptoir, ferma le tabac et alla dans sa petite chambre. Il tira la porte derrière lui et resta un moment dans l'obscurité, le regard perdu. Puis ses jambes se dérobèrent sous lui, et il s'effondra par terre à côté de son lit. Et il resta là, étendu, à verser toutes les larmes de son corps.

Un peu avant l'heure de la fermeture, il repassa à l'avant de la boutique. Il plia le pantalon d'Otto Tresniek et se dirigea avec le vêtement vers la boucherie Rosshuber. Debout derrière leur comptoir, le boucher et sa femme passaient au hachoir d'épais morceaux de viande et de gras. Madame Rosshuber bourrait un côté de la machine avec des morceaux rouge foncé, jaunes et bleuâtres, tandis que son mari récupérait de l'autre le flot mou de tortillons rosâtres et en formait de petits tas de la grosseur du poing, qu'il emballait dans du papier gras et balançait l'un après l'autre sur une plaque en fer. Quand la porte s'ouvrit pour faire place au garçon buraliste d'à côté, ils ne levèrent même pas la tête, se penchant d'un air encore plus affairé sur leur machine. Mais quand Franz poussa la petite porte battante à côté de la glacière et passa derrière le comptoir, comme ça, sans saluer, sans rien demander ni dire quoi que ce soit, ils marquèrent un temps d'arrêt, se redressèrent, reculèrent d'un pas et croisèrent leurs avant-bras sanguinolents sur leurs tabliers non moins sanguinolents.

« Qu'est-ce tu veux ? » demanda le boucher, en regardant le carrelage où le sang et la glace fondue se mêlaient en dessinant d'étranges volutes.

Franz posa le pantalon sur la plaque, à côté des petits paquets gras, et dit : « Il appartenait à Otto Tresniek. Maintenant il est mort. »

Rosshuber pâlit. Comme du marbre, se dit Franz, comme un de ces grands saints en marbre, pâles et impassibles, qu'on trouve dans les églises et qui regardent les gens de leurs yeux froids de pierre : le boucher ouvrit une petite bouche enfantine. Ses dents étaient étroites et jaunes, ses gencives roses comme les tortillons de viande qui continuaient à sortir lentement de la machine derrière lui. « Et en quoi ça nous regarde ? demanda-t-il.

— Vous avez souillé son tabac, dit Franz, vous l'avez insulté. Vous l'avez dénoncé. Vous l'avez tué ! » Le boucher leva sa tête massive et fixa le front de Franz sans mot dire.

« Mais dis quelque chose enfin ! » fit sa femme en essuyant nerveusement de petites traces de hachis sur ses bras. Rosshuber haussa les épaules, les rebaissa, émit une sorte de renâclement, tira sur son tablier, fixa le vide devant lui, renâcla de nouveau, le tout sans un mot.

« Peut-être qu'il n'a plus rien à dire. » Franz fit un pas vers le boucher et le dévisagea. Ses joues blêmes étaient marbrées de taches rose-rouge, comme des lambeaux de nuage après un orage vespéral. Au coin de sa bouche brillait une petite bulle de salive. Franz leva la main et en examina le dos à la peau lisse. « Ma mère a toujours dit que j'avais les mains délicates. Délicates, douces, blanches, des mains de fille. J'ai toujours prétendu que c'était faux, mais je crois qu'elle a raison en fin de compte... » Il laissa retomber ses mains. Puis, de la droite, il prit son élan et administra au boucher une gifle magistrale en pleine figure.

Rosshuber ne bougea pas. Il ne broncha pas. Il fixait le vide à travers Franz, lourd, muet, immobile. La petite bulle au coin de sa lèvre avait crevé. Sa joue avait légèrement rougi, deux fines empreintes se dessinaient sous le maxillaire.

« Eduard ! cria sa femme indignée dans le silence glacé de la boutique, les traits décomposés. Eduard, fais quelque chose, enfin ! »

Mais le boucher ne fit rien. Longtemps après, lorsque Franz eut quitté la boucherie, le pantalon d'Otto Tresniek sous le bras, il sortit enfin de son immobilité. Très lentement, il leva les deux mains et enfouit sa figure dans ses paumes en poussant un long gémissement sourd.

Chère maman,

J'aurais bien aimé t'envoyer encore une carte postale (on en a reçu de vraiment splendides avec la Karlskirche, des géraniums, la Gloriette, etc.), mais il y a des mots qui ne supportent pas les images et qu'il faut mettre sous enveloppe. Je ne sais pas comment te l'annoncer, alors je te le dis comme c'est : Otto Tresniek est mort hier. Son cœur s'est arrêté tout simplement. Peut-être qu'il ne voulait plus continuer à battre, qu'il en avait assez de toute cette vie, de cette époque et de tout le reste. Otto Tresniek ne s'est sans doute rendu compte de rien. Il s'est endormi très tranquillement. Et il était dans le Burgenland, là d'où il vient. Je t'en prie, chère maman, ne sois pas triste. Ou plutôt si, sois triste. Parce que l'Otto Tresniek le méritait vraiment. Mais ça, tu le sais encore mieux que moi de toute manière. En attendant, je vais d'abord rester ici. Parce que je ne vois pas ce que je peux faire d'autre. Et puis il faut bien que quelqu'un tienne le tabac. Il ne faut pas que ça s'arrête. Et il y a bien assez à faire. Autour de moi j'ai l'impression que tout part à vau-l'eau. J'espère que tout ça ne va pas s'écrouler. De toute façon, il restera le lac. Les montagnes et les nuages s'y refléteront plus longtemps que ces maigres barres avec leurs croix gammées, tu peux me croire ! Chère maman, je termine ainsi ma triste lettre et je t'embrasse tendrement.

Ton fils Franz.

Le silence et l'espace, se disait Franz en contemplant Vienne du haut du Kahlenberg, assis sur un tronc d'arbre noir abattu par la foudre, près de la tour de la Stefaniewarte ; le silence et l'espace, la clarté et la profondeur, la brume et le mystère, le soleil, la pluie, la ville, le lac, la montagne. Quoique, bien sûr, ce Kahlenberg n'en fût pas une, du moins pas une qui en impose un peu comme par exemple le Schafberg ou le Hochleckenkogel, ou même le Höllengebirge. Dans le Salzkammergut, le Kahlenberg passerait tout au plus pour une colline, se disait-il, et encore. Plutôt pour une éminence insignifiante, une butte, ou un gros terre-plein couvert d'un bois assez rachitique. Mais les Viennois ne voyaient pas ça de cet œil-là, pour les Viennois, le Kahlenberg était une vraie montagne, et même la plus belle, la plus haute, et surtout, le dimanche et les jours fériés, la plus courue de toute la région par la population affamée de nature. Mais là, maintenant, en début de soirée, un jour de semaine très normal, il n'y avait pas un chat. Nul n'allait chercher la tranquillité ou la girolle dans le sous-bois, nul ne criait pour rameuter son cabot ou ses enfants ou donner libre cours à sa bonne humeur, nul n'étendait sa couverture de laine sur le sol pour savourer un goûter tardif, arrosé de bières tièdes. Franz était seul. Et le Kahlenberg avait beau n'être qu'une pâle imitation de montagne bâclée par Dieu, c'était quand même assez beau, ici en haut. On pouvait suivre en paix le cours de ses pensées, ça sentait le soleil et la forêt, et on ne percevait qu'un vague écho du brouhaha de la ville, ailleurs omniprésent. Après sa courte visite à la boucherie, il était revenu au tabac. Il avait écrit à sa mère la deuxième lettre de sa vie, avait plié soigneusement les affaires du buraliste dans un grand carton à cigarettes – à l'exception du pantalon –, et avait collé une feuille dessus avec l'inscription : LES DERNIÈRES CHOSES DE MONSIEUR OTTO TRESNIEK, puis il avait rangé le carton sous le comptoir. Il avait servi les clients, réceptionné une livraison de cahiers d'écoliers (quarante pages, vingt pages, sans ligne, avec lignes, à carreaux, avec et sans marge) et retourné les cigares les plus précieux dans leurs boîtes pour les préserver de l'humidité. Mais surtout, pour la première fois depuis longtemps, il s'était remis à lire le journal, certes pas toutes les feuilles, mais la plupart, et certes pas de la première à la dernière ligne, mais en grande partie. Et à six heures, ponctuellement, il s'était enfin attelé aux comptes de la journée. Mais, alors qu'il dévissait le capuchon du stylo-plume d'Otto Tresniek, il s'était senti bizarre, et à peine avait-il griffonné les premiers chiffres dans le livre de comptes qu'il avait été submergé par un accès de mal du pays tel qu'il n'en avait jamais connu, sa main avait commencé à trembler si fort que trois grosses gouttes d'encre étaient tombées de son stylo l'une après l'autre, dessinant trois pâtés bleu-noir à bords étoilés au milieu de la colonne du solde. Franz avait eu une envie irrésistible de sortir, une envie d'air, de forêt, de montagne, même si la montagne d'ici n'était qu'un monticule de terre en bordure de Vienne. Il avait revissé le stylo-plume, ne s'était même pas donné la peine de sécher les taches d'encre avec sa petite éponge, il avait bouclé le tabac et avait couru contre le vent d'est vif et odorant en direction du Kahlenberg.

La souche sur laquelle il était assis avait stocké la chaleur du soleil et dégageait une odeur agréablement putride. Des insectes rouges qui fourmillaient là crapahutaient sous un morceau d'écorce pourrie, en ressortaient, disparaissaient de nouveau. Quand on ne sait rien, on n'a pas de souci, se disait Franz, mais si c'est difficile et pénible d'acquérir du savoir, c'est encore plus difficile, pour ne pas dire pratiquement impossible, d'oublier ce qu'on sait. Il laissa un des insectes grimper sur son index, et celui-ci se mit aussitôt à courir au bout de son doigt, affolé. Il le redéposa doucement sur le morceau d'écorce et le regarda disparaître dans la masse des autres. Leurs dos avaient l'air de petits boucliers, leurs pattes minuscules de petites lettres agitées de soubresauts, formant sans cesse en crapahutant dans l'humus du sol du Kahlenberg des mots nouveaux, des phrases nouvelles, des histoires nouvelles. Il pensa aux journaux et à leurs gros titres. Tant d'excitation, tant de cris imprimés. Et pourtant tout allait pour le mieux, semblaient-ils dire, au fond tout allait merveilleusement bien, c'était magnifique, fabuleux ! Bien sûr on vivait des moments historiques – mais quels moments ne l'étaient pas ? Des mutations étaient à l'œuvre – mais n'étaient-elles pas nécessaires ? On réquisitionnait les biens des communistes et des esprits forts réputés hostiles à l'État – mais n'était-ce pas la justice même ? On expropriait les Juifs, on fermait leurs commerces, qui étaient ensuite repris par de braves citoyennes et de braves citoyens – mais n'étaient-ce pas des mesures élémentaires de sauvegarde de l'ordre public et de la sécurité qui s'imposaient depuis longtemps dans notre bonne ville de Vienne ? Dans notre patiente Autriche bien-aimée ? On avance ! Ça bouge ! Il se passe des choses partout. Ouverture de l'exposition *L'Art dégénéré* à la Maison des artistes ! Révoltant ! Le Führer en Italie ! Le Führer à Munich ! Le Führer à Salzbourg ! Le Führer partout ! Incroyable ! Mussolini fait un discours ! Goebbels parle à Düsseldorf ! Fantastique ! Le lobby juif s'attaque à l'Angleterre ! La compétition du club de tir des chemins de fer du Reich a lieu à Vienne-Kagran ! Un communiste se suicide ! Puis un autre ! Et un troisième ! Mais ne l'avaient-ils pas un petit peu mérité, chers lecteurs ? Aujourd'hui grandes floralies dans l'arrondissement des Favoriten. Entrée libre pour les enfants et les invalides de guerre ! N'est-ce pas fantastique ! Le Prater va être nettoyé de la pègre étrangère par les soins de la municipalité. Aujourd'hui bière à volonté pour tout le monde ! Demain grande manifestation aéronautique ! Venez nombreux ! Un spectacle à ne pas manquer ! Venez en famille ! Avez-vous déjà ri aujourd'hui ? Notre photo montre le Führer visitant l'inexpugnable bunker antiatomique ! Le temps dans la Marche de l'Est : venteux et légèrement couvert ! Aujourd'hui au théâtre : *Lisa, un peu de tenue !* (comédie) ! Demain au cinéma : *La Sage Belle-mère* (comédie) ! La terre tourne ! Tout va bien ! Un enfant est né aujourd'hui dans une salle de cinématographe ! Tous nos vœux ! La Gestapo fête l'anniversaire de sa mise en service ! Bientôt la fête des Mères ! Bientôt Noël ! *Vienne, Vienne, ville de mes rêves, toi seule… !*

Franz contemplait la ville. Le soleil était bas, les toits brillaient, quelques rayons isolés lançaient parfois un éclair, le Danube argenté serpentait entre les maisons avant de disparaître dans les vastes et sombres plaines. Quelque part là-bas se trouvait le tabac. À côté, l'église votive. La Morzinplatz. L'Opéra. Le Prater avec la Grande Roue. La Grande Roue à l'ombre de laquelle la représentation allait maintenant commencer. D'un moment à l'autre, le caissier à tête de saurien allait ouvrir les portes. La fille à la cicatrice essuierait une fois de plus le comptoir maculé de flaques de bière et de schnaps, puis elle allumerait les projecteurs. Monsieur de Caballé entrerait en scène. Les blagues. Hitler. Le chien. Le merveilleux gramophone. N'Tschina, la fille farouche venue du pays des Indiens. Comme toujours, comme d'habitude. Il ferma les yeux. À quoi bon penser en un tel jour, à une telle époque, seul sur une montagne qui n'en était pas une, avec à vos pieds quelques insectes rouges et une ville devenue folle ? Tout était pensable. Tout était possible. Quand on balaye les rues de la pègre étrangère, qu'on pourchasse ces rats de Juifs jusque dans leurs trous, qu'on plante des croix gammées sur la rive du lac, qu'on baptise les bateaux *Retour au pays*, qu'on assassine les buralistes, qu'on jette les mères de famille sur des lits défaits, qu'on lève des légions de mains vers le ciel en plein jour sur la place des Héros et qu'on parcourt les rues le soir en hurlant, on peut aussi bien faire sortir la Grande Roue de ses gonds et rentrer sous terre à coups de bottes la petite grotte verte.

Franz sentit tout à coup une douleur dans la main gauche, une légère brûlure dans les doigts, à leurs extrémités, sur leurs bords et aux jointures. De minuscules foyers d'incendie qui se multipliaient à vue d'œil, se ramifiaient en fines lignes incandescentes et gagnaient le poignet, l'avant-bras, le bras, l'épaule. Des centaines de noms brûlants, écrits très fin au stylo-plume. Anezka, pensa Franz, Anezka. Et il se mit à courir. Il dévala la pente avec l'énergie du désespoir. Le sol sous ses pieds était humide et mou, les rochers couverts de mousse foncée, et les cimes des arbres bruissaient au-dessus de lui. Il courait à toute vitesse, il s'entendait haleter comme si c'était quelqu'un d'autre. Une seconde, il se demanda si les branches qui lui cinglaient le visage, la poitrine et les jambes étaient bien réelles ou s'il se trouvait dans un de ses rêves, s'il descendait à toute allure le versant escarpé du Kahlenberg bien éveillé ou en rêve.

La représentation touchait à sa fin lorsque Franz pénétra dans la grotte une heure après, hors d'haleine, les chaussures souillées de terre.

Le saurien dressa la tête, lui fit cadeau de la moitié du billet et ouvrit la porte dans le mur tapissé. Manifestement, N'Tschina avait fini de danser et quitté la scène. Dans les yeux masculins embrumés de bière luisait encore l'étincelle qu'elle avait allumée. Un homme rondouillard à moitié chauve se dressait dans le halo des projecteurs. Il portait un costume jaune citron et agitait les bras en s'adressant au public d'une voix de fausset. Derrière le comptoir se tenait la fille à la cicatrice. Son visage vacillait à la lumière des bougies, la cicatrice ressortait sur sa joue, sombre et nette, comme dessinée. Elle salua Franz d'un petit signe de tête. Au fond étaient attablés trois hommes en uniforme noir. L'un d'eux, un type assez jeune aux traits efféminés et à la peau blafarde, portait autour des hanches un poignard suspendu à une chaîne qui se composait d'une rangée de petites têtes de mort argentées. Sur scène, le présentateur racontait une blague. Que pouvait-on bien attendre de nos jours d'une bonne femme juive pour la tenue d'une maison, demanda-t-il. Quelqu'un lui hurla la réponse, tout le monde rit et applaudit, et le costume jaune citron fit l'étonné. Franz contourna la scène et se glissa dans les coulisses par une porte dérobée. À l'extrémité d'un couloir sombre, il trouva une autre porte. Un rai de lumière perçait dessous, et les gonds grincèrent doucement quand il l'ouvrit. La pièce était minuscule, éclairée d'une lumière crue, une odeur de sueur et de fard flottait dans l'air. Devant un miroir bordé de petites ampoules multicolores, Anezka était assise à une table placée contre le mur. Elle portait encore son costume de scène, la plume dans ses cheveux trembla quand Franz pénétra dans la pièce. « Tiens, le p'tit gars ! dit-elle avec un sourire en ôtant les peintures de guerre de ses joues à l'aide d'une petite éponge.

— Anezka, dit Franz, et le nom avait une drôle de résonance étrangère, comme s'il le prononçait pour la première fois. Où est Heinzi ? »

Elle haussa les épaules. « Parti. Emmené par Gestapo.

— Pourquoi ?

— À cause blagues. Et autres choses. »

Franz fixa le reflet de la jeune femme dans le miroir. Un morceau en était brisé. On aurait dit qu'elle avait une entaille sur le front.

« Et tu as déjà reçu le paquet ? demanda-t-il à voix basse.

— Quel paquet ? »

Il avala sa salive. « Sais pas. Aucun. C'est peut-être idiot... » Elle avait essuyé tout son fard et se mit à étaler une noisette de crème blanche sur son front et sur ses joues du bout de l'index. Le blanc donnait un peu à son visage l'aspect d'un masque. Franz ne put s'empêcher de penser au masque mortuaire accroché derrière l'autel de la chapelle de Nussdorf. Il représentait la figure d'un saint local dont le nom et l'origine s'étaient perdus dans la nuit des temps, tout comme les raisons de sa prétendue béatification. Il jetait dans l'église des regards amicaux ou fourbes selon l'angle de vue ou la direction de la lumière, et faisait peur aux enfants pendant la messe dominicale. À vrai dire, personne ne pouvait le souffrir, mais aucun curé n'avait osé le décrocher et le reléguer à la cave dans la caisse aux vieux missels rongés par les ans, finalement on ne pouvait pas savoir, prudence est mère de sûreté et les voies du Seigneur sont impénétrables.

Anezka avait fini d'étaler sa crème. Elle détacha quelques épingles à cheveux, arracha la perruque d'un geste leste et la suspendit à un clou à côté du miroir. Elle brossa ses cheveux en arrière, dégageant son front, puis elle regarda Franz, le visage rose et brillant.

« Où est allée dent ? demanda-t-elle.

— Sais pas », dit Franz en tâtant du bout de la langue la gencive lisse dans la petite entaille. Anezka posa la brosse, se leva et s'approcha tout près de lui. Il sentait son fard, les petites particules de khôl sur ses cils, sa peau, sa sueur, son souffle.

« Tu as joli trou dans la bouche ! dit-elle en riant. Ressemble à moi, maintenant !

— Oui », dit Franz et il avala sa salive. Soudain il ressentit une légère sensation d'étourdissement. C'était peut-être l'air confiné de la grotte. Ou parce qu'il avait couru trop vite. Il fit un pas en avant, deux sur sa droite, et fixa le mur un moment. C'est drôle qu'on puisse se perdre dans une pièce aussi petite, se dit-il. Le mur grossièrement crépi était taché. Il y était planté un crochet, auquel pendait un fil effrangé qui remuait doucement. Franz sentait son cœur qui battait, fort, tout chaud dans sa poitrine. Il avait dû le semer quelque part sur la pente du Kahlenberg ou dans les faubourgs de Vienne, et maintenant son cœur l'avait rattrapé. Le fil cessa de remuer. La sensation de vertige était passée. Franz se retourna, recula de deux pas vers Anezka, posa une main sur sa joue et se mit à débiter un flot de paroles sans réfléchir : « Anezka, je ne comprends pas ce qui se passe, tout le monde est devenu fou, les gens se jettent des toits, ils ont assassiné Otto Tresniek, et qui sait ce qu'ils sont en train de faire de Heinzi en ce moment, les Juifs nettoient les pavés à genoux sur les trottoirs, bientôt ce sera le tour des Hongrois ou des gens du Burgenland ou de Bohême ou de je ne sais où, ceux qui ne se font pas tatouer la croix gammée sur le front sont dans le collimateur, ceux qui ne lèvent pas le bras peuvent retenir une chambre au Metropol, un aller simple, à Vienne le bal est fini, et au Prater la peste noire rôde, tu ne l'as pas vue ? Ils sont déjà là, assis dehors, et sifflent leur bière en attendant de faire cramer un buraliste, un Juif ou un chansonnier. Anezka, je ne sais pas si tu me veux encore, et je ne sais pas si je te veux encore, et peu importe maintenant, les SS sont là-dehors qui font tinter leurs éperons, mais on peut peut-être s'en aller, enfin, tous les deux, dans un endroit tranquille, en Bohême si tu y tiens, derrière la colline noire, ou dans le Salzkammergut, maman n'aura sûrement rien contre, je pourrais ouvrir un tabac, et on se marierait, comme ça simplement, parce que le Bon Dieu, ça lui est égal de toute façon, et alors tu serais une… »

À ce moment la porte s'ouvrit, et le jeune homme blafard entra. Il avait coincé sa casquette sous son bras et inspectait les lieux avec intérêt. Les petites têtes de mort de la chaîne de son poignard cliquetaient. Franz sentit les muscles de sa nuque se raidir. Voilà, se dit-il, dans un instant la porte va se rouvrir, et il y aura encore plus d'uniformes noirs dans la pièce, ils entreront dans un bruit de bottes. Ou s'y glisseront en silence comme de grands oiseaux noirs. Il aurait voulu déguerpir, loin de la loge, de la grotte, refaire tout le chemin en sens inverse, gravir de nouveau le Kahlenberg, redescendre sur l'autre versant, continuer le long du Danube et remonter jusqu'à la source et au-delà. Mais ce n'était plus possible. Il était là. Anezka était là. Plus rien à faire. Il poussa un gros soupir, puis il inspira à fond, avança d'un pas, croisa les bras sur sa poitrine et dit : « Mon cher monsieur, sachez bien que, très franchement, je me contrefiche que vous portiez un uniforme noir, vert ou rouge, que vous vous baladiez avec des têtes de mort, des petits cailloux ou de mauvaises pensées autour du ventre. Mais ce dont je ne me contrefiche nullement, par contre, c'est de cette jeune fille de Bohême, ici présente. C'est une artiste, et elle n'a rien fait à personne. Sauf qu'elle m'a embrassé, réveillé même, et qu'à ce titre elle est sous ma protection. C'est pourquoi je vous prierais instamment, cher monsieur, de nous laisser en paix. Et s'il n'y a pas moyen de faire autrement, s'il faut absolument qu'à la fin de votre journée vous rameniez quelque chose à votre Sturmbannführer, Sturmführer, Bannführer, ou je ne sais quel Führer, eh bien, au nom de Dieu et de ses saints, emmenez-moi ! »

Le jeune homme battit des cils. Ses cils étaient longs et doucement recourbés, son front haut, lisse et blanc. Il regarda Anezka. Elle soupira, sembla réfléchir un instant, écarta en soufflant une mèche rebelle qui lui tombait sur le front et soupira derechef. Puis elle s'approcha du jeune homme, enlaça son buste, se lova contre lui et posa sa joue contre son épaule, juste à l'endroit où deux grosses cordelettes blanches pendaient des épaulettes.

« Ah, c'est comme ça », dit Franz au bout d'un moment. Anezka battit des cils paresseusement.

« Oui, c'est comme ça », répondit-elle. Franz leva les yeux au plafond. Un instant, une pensée s'insinua derrière son front, une pensée aussi laide, aussi répugnante que cette traînée de poussière qui pendait là-haut entre les rainures des planches. Mais il la chassa. Si seulement il avait pu creuser de ses mains un trou dans le mur, s'y faufiler et se retrouver quelques ruelles plus loin, à la Grande Roue ! Monter dans une cabine, se laisser porter et tourner en rond indéfiniment, jusqu'à ce que la douleur se dissipe ! L'index rose d'Anezka jouait avec les nœuds de la cordelette contre sa joue. Le jeune homme avait posé la main sur sa nuque et lui flattait le crâne, à la racine des cheveux.

« On devrait peut-être... dit Franz, et il s'interrompit.

— Quoi ? » dit Anezka en posant sa main sur celle qui était sur sa nuque.

Franz haussa les épaules. « Sais pas, dit-il. Je ne sais vraiment pas. » Puis il tourna les talons.

Quand il s'insinua le long des tables pour gagner la sortie, le costume jaune citron se fendait d'une gracieuse révérence en agitant son chapeau au-dessus de son crâne dégarni, mouillé de sueur. Et longtemps après avoir quitté la grotte, alors qu'il marchait dans l'étroite ruelle palissadée en direction de la Grande Roue, les applaudissements assourdis résonnaient encore aux oreilles de Franz. Il pensa à ces chauves-souris qu'il avait si souvent observées, enfant, et qui restaient collées le jour, quasiment immobiles, au plafond de la grotte calcaire du village d'Unterach et s'en détachaient peu avant le coucher du soleil, comme mues par un signal silencieux, pour se rassembler en un essaim vrombissant et se précipiter dans la nuit.

Depuis que les nazis font la loi à Vienne et à la centrale de la poste aussi, bien entendu, pensait le facteur Heribert Pfründner en grimpant péniblement les derniers mètres de la Berggasse, tout n'a quand même pas empiré, honnêtement, il faut reconnaître que certaines choses se sont peut-être améliorées. Par exemple, les timbres-poste, qui sont en général plus beaux qu'avant, plus colorés, et font plus d'effet, avec les aigles, les foules, les armes de Danzig et tout le tremblement. Il y en a même avec le portrait du Führer maintenant. En fin de compte et en dépit de tout ce tintouin sur la germanité et compagnie, le Führer est quand même un Autrichien, un vrai natif de Haute-Autriche, de Braunau am Inn exactement, une belle bourgade, sans grand intérêt d'ailleurs, il est donc bien placé pour savoir ce qui convient au pays, à ses habitants et aux clients de la poste. Si le Führer ne savait pas ce qu'il fait, il ne serait pas Führer, il serait tout au plus bourgmestre ou président du conseil municipal de Braunau am Inn ou trésorier, pensait le postier. N'empêche que certaines choses paraissaient tout de même assez contestables, se dit-il, en écoutant les enveloppes et les cartes postales tomber avec un petit bruit de métal au fond de la boîte de la maison qui faisait l'angle de la Berggasse et de la Währingerstrasse. Par exemple, ces histoires avec les Juifs, dont on entendait parler de plus en plus souvent, ces derniers temps : est-ce que ce n'était pas un peu dégoûtant quand même d'expulser les Juifs de leurs logements, de leurs commerces, et de les démettre de leurs charges, en particulier de les renvoyer de tous les bureaux de poste et, en plus, de les obliger à arpenter les trottoirs à genoux ? Ou aussi cette histoire déplaisante à propos du courrier, dont on parlait sous le manteau entre collègues ! Il était question d'une extension des caves sous la centrale de la poste, de pièces éclairées au néon, dans lesquelles des équipes successives de centaines d'hommes et de femmes ouvraient les lettres et, selon ce qu'elles contenaient, autorisaient leur distribution ou les faisaient parvenir à la direction de la poste pour examen immédiat. Et, sans mentir, c'est tout juste s'il ne lui fallait pas remettre une lettre sur deux dans une enveloppe décachetée entre-temps, ce qui était une sacrée honte pour tout facteur un peu honnête, et a fortiori pour lui, Heribert Pfründner, dont la légendaire réputation d'intégrité était connue dans tout le secteur Alsergrund/Rossau et même au-delà. Mais bon, se dit-il, en quoi tout ça le regardait-il, lui-même ne recevait plus de courrier depuis belle lurette et il arriverait bien à passer les quelques années qui lui restaient avant la retraite, tout essoufflé qu'il fût. De plus, il n'était pas juif mais styrien de souche, et il avait donc un arbre généalogique en béton, qu'on pouvait remonter jusqu'à l'âge de pierre.

C'est en proie à de telles pensées et à bien d'autres encore que Heribert Pfründner atteignit enfin le petit tabac de la Währingerstrasse, extirpa de son sac postal, tout mou maintenant et qui s'affaissait gentiment sur son épaule, un exemplaire de la *Feuille d'arrondissement d'Alsergrund* ainsi que quelques prospectus de couleur, jeta un œil sur le bulletin du rêve du jour collé à la vitre, poussa la porte et pénétra dans la boutique en marmonnant un « Heilhitler ! » relativement guilleret pour qui le connaissait.

Derrière son comptoir, Franz leva les yeux de la comptabilité sur laquelle il avait passé la moitié de la nuit et toute la matinée et salua le facteur d'un signe de tête. « Cher monsieur le postier, dit-il avec lassitude, le Hitler, vous pouvez vous le mettre où je pense, cela dit, je vous souhaite le bonjour ! »

Heribert Pfründner fit semblant de n'avoir rien entendu, s'éclaircit longuement la gorge, titilla les sangles de cuir de son sac de courrier, lança un regard circulaire sur les rayonnages de magazines, bâilla, tritura son nœud de cravate et s'éclaircit la gorge de nouveau.

« Vous êtes sûrement au courant, dit-il enfin en se penchant un peu au-dessus du comptoir, vous qui êtes quasiment une connaissance du professeur !

— De quel professeur ?

— Ben, du docteur des fous.

— C'est possible », dit Franz d'un air parfaitement indifférent. Bien qu'il fût secrètement flatté de cette reconnaissance administrative, donc quasi officielle, de ses relations avec le professeur. Il essuya la pointe de son stylo-plume avec sa petite éponge en y mettant un soin méticuleux. « De quoi suis-je censé être au courant exactement ?

— Ben, de ce que le professeur s'en va. Il quitte la Berggasse, il quitte Vienne, il quitte l'Autriche, avec sa famille, ses meubles et tout le saint-frusquin ! » Franz hocha la tête. Un pressentiment funeste lui monta à la gorge, la lui noua un instant avant de continuer son ascension, de se diffuser quelque part sous ses orbites et de lui brouiller toute la tête. « Ah, ah, fit-il en baissant les yeux sur les colonnes où ce qu'il venait d'écrire se brouilla en une bouillie de chiffres à l'encre bleue.

— Eh oui, c'est comme ça, poursuivit le facteur en hochant vigoureusement la tête, parce que le professeur aussi, il en est. Il est juif, je veux dire. Et en tant que Juif, d'un côté, et professeur, de l'autre, il a dû se dire : il vaut mieux filer avant que ça tourne vraiment mal !

— Ah, ah, dit Franz, et où va-t-il donc aller ? » Heribert Pfründner se redressa et haussa les épaules. « En Angleterre, à ce qu'on dit. Là-bas, il aura peut-être la paix. Sans compter que, là-bas, ils ont une reine et sans doute encore assez de dingues qui lui achèteront ses idées.

— Ah, ah, répéta Franz. Et c'est pour quand ?

— Demain, monsieur le buraliste, dit le facteur en réajustant sur son dos d'une torsion du buste le sac du courrier qui avait glissé sur son ventre. Demain après-midi, à trois heures ! »

Quand le facteur eut quitté le tabac, la tête bouillonnante de Franz mit un bon moment à se refroidir et à recouvrer ses capacités à projeter quelque action sensée. Voilà que le professeur s'en allait lui aussi maintenant. Tout le monde s'en allait. C'était comme si le monde entier faisait ses paquets pour aller Dieu sait où. Alors que lui venait juste d'arriver ! Il rangea la comptabilité et le nécessaire à écrire sous le comptoir, passa à l'arrière, s'aspergea le visage d'eau froide, disciplina ses cheveux avec ses doigts, puis revint au magasin et y choisit dans la caisse à Hoyos trois exemplaires particulièrement beaux, bien bombés, bien odorants, qu'il emballa dans les pages « Culture » de la *Fédération paysanne*, et fourra le petit paquet sous sa chemise. Puis il ferma le tabac et fonça sans plus attendre au 19 de la Berggasse.

Les deux mouchards se voyaient de loin. Serrés l'un contre l'autre sur le petit banc, le premier semblait observer les pigeons de la gouttière, la tête renversée en arrière, et l'autre fixait le pavé à ses pieds, un peu courbé en avant. On aurait dit qu'ils avaient pris racine, les fesses clouées au banc, parfaitement immobiles, mais, quand Franz eut atteint le porche et posé l'index sur la sonnette du cabinet du professeur, ils furent soudain dans son dos.

« Où est-ce que tu vas ? demanda le plus jeune.

— Ben, là, dans la maison, répondit Franz.

— Chez qui ?
— Chez le professeur.
— Pour quoi faire ?
— Je lui apporte ses billets de théâtre !
— Quels billets de théâtre ?
— Pour le Burgtheater, évidemment, dit Franz, Premier rang parterre, milieu. Schiller, je crois, ou Goethe. Du sérieux en tout cas ! »

Le plus vieux fit un pas vers Franz, il ne le regardait pas dans les yeux, paraissant fixer un point sur son front ou juste un peu au-dessus. « Il n'y a pas de représentation pour les Juifs aujourd'hui, dit-il. Et demain non plus. Et après-demain encore moins. Pour les Juifs, fini de jouer, terminé. C'est pourquoi tu vas te carapater maintenant avec tes billets de théâtre, et plus vite que ça même ! Sinon je te les enfonce si bien dans le trou du cul que même le docteur des vaches ne pourra plus les retirer ! »

Franz redescendit lentement la Berggasse. Les deux types étaient à nouveau sur leur banc, assis dans la même attitude : tête levée fixant les pigeons, tête baissée fixant le pavé. Au bout d'une cinquantaine de mètres, il tourna dans la Porzellangasse et s'arrêta. Le petit paquet crissait sous sa chemise. Le parfum des Hoyos transperçait même le papier journal. Il jeta un coup d'œil prudent à la Berggasse. Les hommes étaient toujours assis là, tout gris, comme statufiés. En face d'eux, à quelques pas de la porte qui allait chez le professeur, il y avait un commerce de charbon.

Les battants de bois de la lucarne de la cave étaient ouverts ; devant le commerce, une bonne partie de la chaussée était noire de poussière de charbon. Franz ne put s'empêcher de penser aux cils d'Anezka. Noirs, se dit-il, aussi noirs que le cœur du diable. Un bruit métallique accompagné d'un lourd martèlement de sabots enflait et annonçait un transport de bière en provenance du canal du Danube. Le cocher claqua de la langue, les chevaux prirent un peu d'élan, la voiture accéléra et monta la Berggasse en cahotant allègrement. C'était une grande voiture chargée de huit énormes tonneaux, avec deux apprentis assis sur la plate-forme, jambes ballantes. Quand la voiture se glissa entre lui et les mouchards, Franz se mit à courir, trotta plié en deux à côté des roues qui lui arrivaient à l'épaule, et, parvenu à la hauteur du marchand de charbon, il se déporta brutalement. En trois pas, il fut à la lucarne noire. Il en empoigna le cadre à pleines mains, se propulsa à travers, dévala sur les fesses une petite glissoire de charbon, atterrit sur un tas de houille effritée qui cliqueta légèrement, et regarda autour de lui. Il y avait du charbon partout, entassé à la pelle, emballé dans des sacs, sous forme de briquettes empilées en petits murets luisants ou de blocs épars sur le sol. Sous une petite fenêtre du mur de derrière se dressaient un bureau crasseux et trois sacs de charbon entassés qui devaient faire office de sièges. Franz grimpa sur la table, passa la tête par la lucarne et découvrit une arrière-cour déserte. De hauts murs gris, au milieu : un vieux marronnier, quelques fenêtres ouvertes, des géraniums maladifs, et des remugles de calcaire humide, de choux bouilli et de toilettes communes. Il se hissa à la fenêtre et se glissa dehors. Par une des petites portes de la cour, il entra dans l'escalier intérieur du n° 19. Il monta au premier étage, s'arrêta un instant pour calmer son pouls qui battait la chamade, puis il appuya sur la sonnette. Une éternité s'écoula – quarante-sept battements de cœur exactement – avant que la porte s'ouvrît et que le mince visage d'Anna parût dans l'entrebâillement.

« Bonjour, j'aurais désiré parler à monsieur votre papa, s'il vous plaît, dit Franz.

— Mon père ne donne plus de consultations. » Elle avait une voix haute et douce. Ses yeux étaient bruns comme ceux du professeur, mais un peu plus foncés, et plus calmes.

« Je ne viens pas pour une consultation, déclara Franz en pointant agressivement le menton, mais en tant que connaissance du professeur, en quelque sorte. »

Anna Freud leva le sourcil gauche. Franz avait toujours admiré les gens qui maîtrisaient ce tour de force. Autant qu'il s'en souvînt, à Nussdorf ils n'étaient que deux : le vieil instituteur de la communale Langelmaier et sa propre mère. Luimême s'y était évertué des années durant, dans le petit miroir à la maison ou sur la rive du lac, penché sur l'eau, mais n'avait jamais réussi qu'à plisser bizarrement le front. Anna déverrouilla la chaîne de sûreté et ouvrit la porte. Elle portait une longue tunique de laine boutonnée jusqu'au cou et assez usée, qui allait presque jusqu'au sol, une sorte de robe du soir ou de robe de chambre ou de robe d'intérieur. Ses pieds étaient nus.

« Viens ! » dit-elle en le précédant. Ils passèrent la salle d'attente et une antichambre vide pour gagner la pièce suivante. Anna ouvrit le seul meuble de la pièce, une penderie presque aussi haute que le plafond, dans laquelle étaient suspendus une vingtaine de pantalons soigneusement repassés. Elle en sortit un couleur de terre à larges revers.

« Passe-le ! »

Franz prit alors conscience de l'état de saleté dans lequel il se trouvait. La glissade dans la cave avait noirci son pantalon, qui dégageait à chaque pas de petits nuages de poussière de charbon. Anna se tourna vers la fenêtre, croisa les bras et baissa légèrement la tête. Dans le reflet de la vitre, Franz vit qu'elle avait fermé les yeux. Il s'extirpa avec précaution de son pantalon et enfila celui d'Anna. C'était un pantalon de femme un peu large aux hanches, un peu étroit aux mollets, un peu court dans l'ensemble, mais il allait à peu près. Quand il eut terminé, elle se retourna et acquiesça d'un signe de tête.

Après avoir traversé plusieurs pièces presque vides de meubles et jonchées de caisses empilées contre les murs, ils parvinrent à la salle de consultation du professeur. Anna toqua trois fois à la porte du bout des doigts, l'ouvrit doucement et lui signifia d'un bref signe de tête qu'il pouvait entrer.

Il lui fallut quelques instants avant de découvrir le professeur, dans la pièce presque vide de meubles. Il était allongé sur un divan informe, la tête posée sur un tas de gros coussins, le reste du corps dissimulé sous une lourde couverture de laine. À l'exception du divan, la pièce ne contenait plus qu'un énorme poêle de faïence, ainsi qu'une vitrine de verre remplie de figurines étranges, des petits bonshommes et des gueules d'animaux.

« Qu'est-ce que tu viens faire ici ? » La voix du professeur semblait s'être définitivement transformée en un grincement éraillé qui rappelait les craquements du bois mort. Il avait l'air amaigri. Sur les coussins, sa tête était encore plus fragile que dans le souvenir de Franz. Sa mâchoire, qui paraissait un peu déboîtée latéralement, était constamment en mouvement. Franz fit quelques pas précautionneux sur le parquet en direction du divan.

« Vous êtes malade, monsieur le Professeur ? demanda-t-il si bas qu'il eut presque l'impression de ne pas comprendre ses propres paroles.

— Depuis une quarantaine d'années, confirma Freud d'un hochement de tête. Mais voici qu'à présent je passe mon temps avec une bouillotte sur un divan, qui était, à vrai dire, destiné à d'autres. À ce propos, je t'offrirais bien un siège, mais je crains que nos fauteuils ne soient déjà sur le bateau, à moins que quelques solides postérieurs nationalistes n'aient commencé à y user leur fond de culotte.

— Mais je suis très bien debout, monsieur le Professeur ! s'empressa de dire Franz. J'ai entendu dire que vous partiez ?

— Oui, gémit Freud en remontant ses genoux sous sa couverture, qui dessina un triangle aigu.

— Où ça ?

— À Londres. » Le professeur réajusta ses lunettes sur son nez. « Comment se fait-il que tu sois fourré dans les pantalons d'Anna ?

— Votre fille a eu l'amabilité de... et alors j'ai... comme je suis passé par les arrière-cours... par la cave à charbon... parce qu'il y a la Gestapo là-bas dehors...

— La Gestapo... » répéta le professeur, comme s'il vomissait le mot.

À ce moment, leurs regards furent attirés presque en même temps vers le plafond, où un faucheux cheminait sur des pattes tremblantes juste au-dessus du divan. Il se balança dans un coin en décrivant un grand arc de cercle, s'arrêta, oscilla encore un peu et s'immobilisa.

« Je vous ai apporté quelque chose ! » dit Franz. Il sortit le petit paquet de sa chemise, exhuma avec mille précautions les trois cigares des pages « Culture » et les offrit au professeur. Le visage de Freud s'éclaira. D'un geste étonnamment alerte, il rejeta la couverture et s'assit sur son séant. Franz s'aperçut alors qu'il était en costume : un complet droit impeccablement coupé en flanelle grise, avec un gilet, un col de chemise amidonné et un nœud de cravate soigneusement noué. Mais pas de chaussures. Les petits pieds de Freud, aussi menus que des pieds d'enfant, étaient fourrés dans des chaussettes bleu marine, dont la droite avait manifestement été reprisée maintes fois près du bord externe du gros orteil.

« Je me suis dit : un pour maintenant, un pour le voyage et un pour l'Angleterre », dit Franz.

Freud contempla les trois cigares en hochant doucement la tête, enfin il en prit un du bout des doigts et le rangea dans la poche de son veston.

« Celui-là est pour le Royaume-Uni ! dit-il. Les premières bouffées en liberté ! »

Il s'empara des deux autres, les tendit vers la lumière de la fenêtre, les palpa délicatement, prit une profonde inspiration et articula d'une voix oppressée, dans un souffle rauque plein d'enthousiasme : « As-tu déjà eu entre les dents quelque chose d'aussi magnifique, d'aussi merveilleux, d'aussi parfait dans son imperfection ? » Franz pensa aux lianes qu'il arrachait autrefois dans le sous-bois avec les autres garçons, pour les couper au canif en segments d'un doigt de long et les fumer, allongé sur le ponton. Le goût en était atrocement amer, avec un relent de bois, mais nul n'en laissait rien paraître. Bien au contraire : tous blancs comme des linges, ils soufflaient tranquillement la fumée dans le ciel en tentant de réprimer une incoercible envie de tousser. De temps à autre, l'un d'eux s'éclipsait dans les roseaux pour vomir, plié en deux entre les herbes hautes, et les ombles argentés se disputaient promptement dans l'eau les vestiges de son repas.

« Non, je ne crois pas, monsieur le Professeur. »

Le vieil homme imprima à sa mâchoire un sourire de guingois. « Alors, mon jeune ami, il est grand temps ! »

Sur un signe de tête du professeur, Franz se dirigea d'un pas hésitant vers la vitrine pour en rapporter un lourd cendrier de cristal, que côtoyaient un cavalier en terre cuite sans tête et un petit phallus de marbre virilement érigé. « Je ne suis pas sûr, monsieur le Professeur, je n'ai encore jamais essayé...

— C'est en essayant qu'on découvre des nouveaux mondes, énonça gaiement Freud, qui plus est, je n'aimerais pas fumer tout seul le cigare de l'adieu.

« Assieds-toi ! ajouta-t-il, avec cette respiration un peu sifflante, en désignant d'un tapotement de la main gauche les coussins à côté de lui.

— Sur le divan ?

— Sur le divan ! »

Franz s'assit avec précaution. Le divan était étonnamment dur. Comme les heures qu'y passaient les patients, se dit Franz, et pourtant pas si inconfortable. Dès que le professeur faisait un mouvement à côté de lui, Franz le ressentait. C'était un peu comme si, maintenant, ils étaient aussi reliés physiquement l'un à l'autre.

Ils fumèrent leurs premières bouffées en silence. Au plafond, le faucheux s'était remis en mouvement, il se risqua hors de son coin, fit quelques pas hésitants, mais rebroussa chemin aussitôt, pour se figer tout de bon cette fois, sembla-t-il.

À la première bouffée, Franz avait dû réprimer une violente envie de tousser, à la deuxième une nausée, et, à la troisième, il eut un bref vertige et l'impression de basculer lentement vers le parquet. Mais il parvint tant bien que mal à se composer une sorte de maintien intérieur et, à partir de là, il se sentit mieux. Et enfin, après sept à huit bouffées, il éprouva, outre un léger engourdissement de la langue, un chaud sentiment de bien-être !

« J'ai appris ce qui est arrivé à monsieur Tresniek, bien entendu, dit le professeur en toussotant derrière son poing chétif. J'en suis vraiment désolé !

— Oui, dit Franz au bout d'un moment, maintenant c'est moi le buraliste. »

Une lumière crépusculaire jaune se répandait dans la pièce. Dehors, le marronnier frémissait, et des nuages gris sombre filaient dans le petit morceau de ciel qui surplombait la cour. Freud ramena un coin de couverture sur sa poitrine. « Voilà qu'il se met à faire froid, maintenant, dit-il d'un ton maussade en frottant ses pieds l'un contre l'autre.

— Vous devriez mettre quelque chose de chaud, monsieur le Professeur. Une veste de laine par exemple. Ou un janker. Ou vous pourriez allumer ce poêle. De toute façon, il faudrait voir à faire un peu attention à la santé. À votre âge, je veux dire. »

Le professeur ébaucha un faible geste de dénégation : « Mon âge a laissé toute forme de santé derrière lui depuis longtemps.

— Je ne vous permets pas de dire ça, monsieur le Professeur ! dit Franz en levant un index sévère.

— Aux enfants et aux vieillards, il faudrait permettre bien plus. Mais parlons de problèmes d'un autre genre : comment va ta dulcinée de Bohême ?

— Elle ne s'appelle pas Dulcinée, mais Anezka, et c'est fini. Ou plus exactement : ça n'avait jamais commencé. Peut-être que tout ça n'était qu'une erreur monumentale de toute façon.

— L'amour est toujours une erreur.

— Elle est avec un nazi maintenant. Un officier. Ou un général. Ou je ne sais quoi ! En tout cas un type de la SS tout en noir, avec des têtes de mort argentées à la ceinture… »

Franz s'interrompit. Subitement, il sentit sur lui le regard du vieil homme. Ils se dévisagèrent un instant en silence. Ses yeux, pensa-t-il, ces yeux étranges, bruns, clairs, brillants, ils ont l'air de ne pas vieillir avec le reste du corps. Freud ouvrit la bouche et laissa un peu de fumée s'échapper entre ses dents, elle effleura les ailes de son nez, passa sous les verres de ses lunettes, sur son front, et s'éleva lentement vers le plafond.

« Quand je suis monté dans le train à Timelkam, ça m'a fait mal au cœur, poursuivit Franz, et quand Anezka s'est enfuie la première fois, dix docteurs n'auraient pas suffi tellement je souffrais. Mais n'empêche que je savais à peu près où j'allais et ce que je voulais. Maintenant la souffrance a presque disparu, mais je ne sais plus rien du tout. J'ai l'impression d'être un bateau qui a perdu sa rame dans la tempête et qui dérive bêtement d'un point à l'autre.

« Là, vous avez de la chance, en fait, monsieur le Professeur, ajouta-t-il après un bref silence, vous, vous savez exactement où vous allez. »

Freud soupira. « Quoi qu'il en soit, j'ai l'impression de connaître à peu près la plupart des chemins, effectivement. Mais, à dire vrai, ce n'est pas notre destinée de connaître les chemins. Notre destinée est justement de ne *pas* les connaître. Nous ne venons pas au monde pour trouver des réponses, mais pour poser des questions. On erre à tâtons dans une obscurité pratiquement constante et, avec beaucoup de chance, on voit parfois s'allumer une petite lueur. Et avec beaucoup de courage ou de ténacité ou de sottise ou, mieux, les trois en même temps, on parvient à émettre un petit signal par-ci par-là ! »

Il se tut, baissa la tête, puis regarda par la fenêtre. Il s'était mis à bruiner légèrement. L'humidité faisait luire les feuilles du marronnier. Une porte claqua quelque part, et quelqu'un cria quelque chose d'inintelligible. Puis le silence revint.

« Ce marronnier… murmura Freud. Combien de fois ne l'ai-je pas vu fleurir…

— Est-ce qu'il y a aussi des marronniers à Londres, monsieur le Professeur ?

— Je ne sais pas. » Freud haussa les épaules et regarda Franz. Franz se vit reflété dans le pourtour de ses verres de lunettes : un petit homme fluet aux membres grotesquement étirés. Tout à coup, un sursaut parcourut le corps du professeur, il cala son cigare entre ses dents, se leva tant bien que mal du divan en s'appuyant sur ses poings et resta debout une seconde, un peu chancelant. Puis, avec des craquements dans l'articulation des genoux, il alla dans le coin de la pièce où le faucheux était suspendu, bien au-dessus de lui.

« Pourquoi a-t-il le droit de rester ici, celui-là, nom d'un petit bonhomme, alors que moi, le fondateur de la psychanalyse, qui suis mondialement connu, je suis obligé de partir ! » s'écria-t-il, furieux, en levant le bras et en brandissant un poing menaçant vers l'animal. Le faucheux eut un bref tremblement, leva un membre, le reposa et se figea dans l'immobilité. Freud le toisa un moment d'un air provocant. Puis il laissa retomber son bras et fixa sans mot dire le papier peint, bruni par le tabac.

« À mon avis, ce genre de faucheux n'a pas toujours la vie facile non plus, monsieur le Professeur ! » hasarda Franz, rompant timidement le silence. Freud le dévisagea comme s'il venait de découvrir quelque chose de totalement nouveau, une forme de vie totalement inconnue qui se serait étalée sur son divan pendant une longue absence. Puis il éluda, en agitant la main d'un geste las. Il tira sur son Hoyo presque éteint, revint à petits pas vers son divan et s'y laissa choir lentement, comme après un effort surhumain. Entre-temps, la pièce s'était encore obscurcie. Dehors des grondements de tonnerre se rapprochaient, et le marronnier paraissait courber l'échine dans l'exiguïté de la cour. Dans la maison régnait un silence presque complet, à l'exception de quelques bruits étouffés qui leur parvenaient de temps à autre d'une des chambres situées à l'autre bout de l'appartement.

Franz sentait la respiration du professeur à côté de lui, accompagnée parfois d'un léger raclement de gorge. Il entendit les chaussettes du professeur se frotter l'une contre l'autre, puis une série de petits craquements venant du parquet, le grésillement de la braise du cigare. Puis de nouveau le silence.

« En fin de compte, je ne me suis pas encore acheté un seul de vos livres, dit Franz. Premièrement, ils coûtent assez cher, deuxièmement, ils sont incroyablement gros et, troisièmement, il n'y a pas de place pour ce genre de choses dans ma tête en ce moment, de toute manière.

« Mais n'empêche que j'ai suivi votre conseil et que j'ai commencé à recopier mes rêves, ajouta-t-il. La plupart sont sûrement complètement idiots, mais il y en a de vraiment drôles. Je veux dire, pas drôles au sens de "comiques", mais plutôt au sens de "bizarres". Je ne sais pas d'où peuvent bien venir tous ces rêves. Parce que, vraiment, j'ai du mal à m'imaginer que ce genre de bizarreries puissent pousser toutes seules dans ma tête. Ou alors si ? Qu'en pensez-vous, monsieur le Professeur ? »

Freud murmura une phrase incompréhensible et allongea les jambes. Franz gloussa : « En tout cas, je les écris tous les jours sur une feuille et je les colle sur la vitrine. On verra bien si ça sert à quelque chose, enfin, si moi ça me sert à quelque chose. Le tabac, lui, il en profite. Les gens s'arrêtent, collent leur nez à la vitre et lisent ce qui m'est passé par le crâne pendant la nuit. Et quand ils se sont arrêtés, quelquefois, du coup, ils entrent et achètent quelque chose.

« Voilà ce qu'il en est, monsieur le Professeur ! » poursuivit-il après une pause, sans pouvoir retenir un nouveau gloussement. Une chaude vague de bien-être envahissait son corps. Et la tête lui tournait un peu. Mais c'était un vertige agréable, comme s'il ne s'était pas trouvé sur un vieux divan, mais sur le ponton encore bien plus vieux et tout vermoulu de la rive sud du lac, qui était déjà à moitié immergé et tanguait si agréablement sur les vaguelettes des vapeurs. Cela tenait peut-être à son Hoyo cultivé sur les rives ensoleillés du fleuve San Juan y Martínez et roulé par de délicates mains de femmes, pensa-t-il en en contemplant un moment la précieuse cape de feuilles. Ou à la proximité presque irréelle du professeur. Mais cela tenait peut-être aussi à quelque chose de très différent, et en fait cela lui était complètement égal, peu lui importait de savoir d'où provenait soudain ce chaud sentiment de bien-être : quand on est bien, on est bien, un point c'est tout, se dit-il. Pas besoin de chercher midi à quatorze heures. Contre les vitres s'écrasaient maintenant de grosses gouttes de pluie, que le vent faisait éclater et dispersait en stries brillantes dans toutes les directions. En face, de l'autre côté de la cour, quelques lumières isolées s'allumèrent.

« Vous ne le savez sans doute pas, monsieur le Professeur, dit Franz en tournant lentement son cigare entre ses doigts, mais Otto Tresniek n'était pas du tout fumeur. Otto Tresniek était un lecteur de journaux. Il était lecteur de journaux et buraliste. Quoique, pour lui, c'était du pareil au même. C'est drôle en fait : quelqu'un qui passe ses journées là dans son tabac pendant des décennies et qui refuse de fumer. Il y passe tout son temps, il sait pratiquement tout des cigares, il connaît leur origine, leurs qualités et leurs particularités dans les moindres détails, il est aussi savant sur leur vie intime qu'un docteur sur les entrailles des cadavres, et il n'a pas le commencement du début d'une idée du goût qu'ils ont réellement.

« C'est vraiment drôle, répéta-t-il pensivement, après avoir fait tomber d'une pichenette un long morceau de cendre dans le cendrier de cristal qui séparait sa cuisse de celle du professeur. Évidemment, je ne suis pas encore un grand fumeur moi non plus. Mais quand vous reviendrez, j'aurai fait des progrès, ça, je vous le promets. Et vous reviendrez, n'est-ce pas ? Quoi qu'il en soit, vous reviendrez, c'est sûr. Parce qu'on n'a qu'une patrie, on n'a qu'un chez-soi. Et, un jour ou l'autre, le Hitler finira bien par se calmer. Et tous les autres avec lui. Et alors tout redeviendra comme avant. N'est-ce pas ? Qu'en pensez-vous, monsieur le Professeur ? »

Freud émit un vague grommellement, et Franz s'abîma dans les coussins.

« En Angleterre, il paraît qu'il pleut encore plus que dans le Salzkammergut. Donc ça n'arrête quasiment pas. Ça ne peut pas être sain, un climat pareil, pour un monsieur plus tout jeune comme vous, si vous me passez l'expression. En tout cas, un jour, il faudra que vous fassiez la connaissance de ma mère. Parce que je crois que vous vous entendriez bien tous les deux. Ma mère, elle en connaît un bout aussi sur les gens et toutes leurs folies, vous auriez des sujets de conversation ! Et elle sait faire les strudels aux pommes de terre. Les seuls véritables strudels aux pommes de terre, même : cuits au beurre clarifié dans une poêle en fer, avec ou sans rillons, avec ou sans lentilles, c'est comme on veut… »

Franz se tut. Il lui sembla qu'il n'avait jamais tant parlé de sa vie. Et c'était peut-être vrai. Autrefois, parler le moins possible lui avait toujours paru le fin du fin, qu'est-ce qu'on aurait bien pu se raconter d'extraordinaire aussi, quand on vivait au milieu des arbres, des roseaux et des algues ? Et, de toute manière, sa mère n'avait jamais aimé parler pour ne rien dire. La plupart de leurs soirées, ils les avaient passées dans la cabane en se taisant de concert, et c'était bien comme ça aussi. Sa mère. Où était-elle ? Que faisait-elle ? Était-elle justement en train de penser à lui ? À son petit Franzl, qui n'était plus si petit que ça, en fait ? Ses paupières papillotèrent. Dehors, la pluie cinglait les vitres. Les coussins dans son dos étaient plus moelleux que tout ce qu'il avait jamais connu. À l'exception des bras maternels. Et du ventre d'Anezka. Et du creux de ses genoux. Et du renflement de ses omoplates. Et de toutes les autres parties de son corps. Son ventre gargouilla doucement. Le poêle de faïence répondit par un léger craquement. Une ombre se déplaçait lentement le long du mur. Dans la vitrine aussi, quelque chose remuait. Un guerrier en bois grand comme le pouce se haussait sur la pointe des pieds, levait lentement la main et l'agitait comme pour dire adieu. « C'est n'importe quoi, bien sûr », dit Franz à voix basse. À moins qu'il n'eût pensé tout haut. De toute sa vie, il ne s'était jamais senti aussi fatigué ni aussi lourd.

« Monsieur le Professeur ? » demanda-t-il. Sa voix tremblait un peu, il tendit son cigare devant son visage et vit la braise se brouiller devant ses yeux. « Vous reviendrez bien, n'est-ce pas... ? »

Le professeur ne répondit pas, et quand Franz le regarda, il vit qu'il s'était assoupi. Son souffle était régulier, ses deux mains reposaient paisiblement sur sa poitrine, le mégot entre ses doigts s'était éteint depuis longtemps. Franz déposa son Hoyo dans le cendrier et se pencha sur le vieillard. Il dégageait une impression d'incroyable fragilité. Comme les statuettes de sa vitrine, pensa Franz. Comme s'il pouvait, comme s'il allait glisser du divan dans son sommeil, même, et se briser en mille morceaux sur le parquet. Ou tomber simplement en poussière. Sa tête avait basculé en arrière, sa bouche était légèrement ouverte. Sa peau évoquait un papier jauni, sans cesse froissé puis défroissé. Il reposait très paisiblement, seuls ses yeux tressaillaient parfois encore sous ses paupières, comme s'ils ne se résignaient pas au calme et à l'obscurité qui les entouraient. Franz lui prit des mains le reste de cigare froid et le déposa dans le cendrier. Il arrangea doucement un coussin plus petit sous sa tête pour bien la caler, rectifia du bout des doigts le col un peu chiffonné de sa chemise et souffla doucement sur sa cravate pour en chasser quelques flocons de cendre. Puis il prit la couverture, la déploya sur son corps et effleura la laine de la main. Il s'attarda encore presque une minute près du divan à observer le professeur respirer paisiblement. Lorsqu'il quitta enfin la pièce sur la pointe des pieds, il jeta un dernier coup d'œil au plafond. Le faucheux avait disparu.

Le lendemain après-midi – c'était le 4 juin 1938 –, le professeur Sigmund Freud quittait Vienne, la ville où il avait passé presque quatre-vingts années de sa vie, pour gagner son exil londonien via Paris à bord de l'Orient-Express, en compagnie d'un cercle restreint de proches et de membres de sa famille. Toutes les formalités étaient réglées. On avait obtenu l'autorisation de sortie du territoire, payé la taxe pour « fuite du Reich », presque un tiers de l'ensemble des biens de la famille ; une grande partie des objets et des meubles du ménage ainsi que de la collection d'antiquités était déjà partie par bateau ou attendait dans un garde-meuble son transfert en Angleterre. Comment se pouvait-il que, malgré cela, une vingtaine de malles, de caisses et de sacs se trouvât être du voyage, c'était un mystère pour le professeur, tout comme, d'ailleurs, le fait que la plupart de ces choses fussent censées lui appartenir personnellement. Bien trop de possessions pour un vieillard, un inutile bagage qui encombrait la dernière partie d'un long chemin, pensait-il en voyant défiler ce jour du départ devant lui comme dans un rêve. C'est Anna qui dirigeait les opérations. Elle avait tout à l'œil et les choses bien en main. C'est elle qui avait commandé les deux grands taxis pour la Westbahnhof, trouvé les porteurs, acheté les billets et glissé quelques pièces à l'employé du guichet pour la réservation des places. Elle gardait dans son sac à main les passeports, les visas et les divers papiers du petit groupe de voyageurs, et elle traînait un grand panier qui contenait des morceaux de viande froide fumée, un pot de *Krautfleckern*, un plat autrichien de nouilles au chou préparé de sa main, ainsi que, bien enveloppé dans des torchons, un tas impressionnant de quenelles à la mie de pain encore chaudes. Tout au fond du panier, elle avait dissimulé une bouteille de vermouth et de minuscules verres à liqueur. Pour les premiers mètres après la frontière, s'était-elle dit, un petit coup pour arroser la liberté. Quand leur groupe traversa le hall au milieu d'un cortège de regards curieux et d'un concert de chuchotements, la mère d'Anna éclata en sanglots. Anna lui tendit un mouchoir, lui effleura la tête d'une caresse et lui intima d'un ton sans réplique de prendre sur elle et de se remettre en marche. Elle n'avait jamais autant aimé Vienne que ses parents. Et ne l'avait jamais autant haïe non plus. En fin de compte, sa ville natale ne lui inspirait pas de sentiments bien définis, et ce départ n'était pour elle ni plus ni moins qu'une fuite réussie à grand-peine et in extremis devant le national-socialisme. Sur le quai, il y avait foule. On criait, on pleurait, on riait, les gens s'enlaçaient, s'étreignaient ou se querellaient une dernière fois, se lançaient quelques mots par les fenêtres ouvertes du train, se regroupaient en parlant à tort et à travers ou bien restaient plantés là tout seuls à côté de leur valise, le regard perdu, leur billet bleu clair à la main.

Pour de mystérieuses raisons, le professeur Sigmund Freud tenait absolument à monter le dernier, mais sa fille Anna le poussa doucement mais fermement, le hissant presque sur le marchepied. « Lâche-moi, je peux y arriver seul ! » dit-il, et telles furent ses dernières paroles sur le sol viennois.

Anna jeta un dernier coup d'œil au quai bondé de monde. Sous les hauts plafonds du hall, le brouhaha des voix qui semblait enfler démesurément fut couvert par le sifflement strident du signal de départ. Un retardataire se hâta vers son wagon, quelques adolescents se tombèrent théâtralement dans les bras, on agitait des mains, des fleurs, des chapeaux, des journaux, et de ce chaos se détachait partout le rouge brillant des brassards aux croix gammées. Alors qu'Anna se disposait à monter dans le train, son regard fut happé par quelque chose. Tout au fond, près de l'entrée du hall d'arrivée, au milieu d'une foule compacte, se tenait le jeune buraliste, immobile. Il était adossé contre le mur, son visage était inhabituellement pâle, il avait l'air de regarder dans sa direction, mais de si loin elle ne pouvait distinguer ses yeux. Le sifflet retentit de nouveau, le contrôleur donna le signal du départ, et Anna monta dans le train. Quand la porte se fut refermée derrière elle et que le wagon s'ébranla lourdement en cahotant, elle poussa un profond soupir et appuya son front contre la vitre. Le verre était agréablement frais, et, lorsque le train quitta la Westbahnhof de Vienne, les rayons du soleil de l'après-midi la frappèrent en plein visage.

Ça allait à peu près maintenant. Ça finit toujours par aller d'une manière ou d'une autre. Du moins il pensait avoir surmonté le plus pénible, passé le cap le plus difficile, et les maux de ventre les plus atroces semblaient jugulés. Même les hallucinations avaient presque disparu. Il n'y avait pas un jour et demi que Franz s'était faufilé sur le parquet de l'appartement labyrinthique des Freud en cherchant la porte d'entrée, qu'il avait fini par trouver et laissée retomber sur ses gonds derrière lui, le plus discrètement possible. En suivant du bout du doigt les contours du nom du professeur sur la petite plaque de cuivre à côté de la sonnette de son cabinet en guise d'adieu, il se sentait déjà un peu bizarre du côté du ventre, mais quand il eut atteint le dernier palier, l'instant d'après, cette drôle de sensation au ventre s'était muée en une nausée dévastatrice. Il parcourut l'entrée de la maison en titubant comme un jeune chiot pataud et, un moment, se crut perdu dans les galeries de la vieille mine de sel qu'il avait visitée des années auparavant avec sa classe de primaire, lors d'une journée d'excursion à Gmunden. Ce jour-là, il avait léché en douce à plusieurs reprises les murs de la galerie pour goûter le sel des profondeurs de la terre, constamment déçu par le goût poussiéreux des pierres. Ces réminiscences se dissipèrent aussi vite qu'elles avaient surgi, et Franz se retrouva dehors en chancelant. La pluie lui fouetta le visage, la Berggasse s'était transformée en torrent, et une soupe brune jaillissait des bouches d'égout en glougloutant. Le banc était vide. Pourtant, lorsque Franz, prêt à repartir, repoussa de la main la poignée de la porte à laquelle il s'était raccroché un instant, il aperçut derrière le rideau de pluie dense un mouvement furtif sous un porche de l'autre côté de la rue. Mais il ne se passa rien. Cela tenait peut-être à la pluie, ou peut-être aussi à une consigne de la Gestapo de surveiller les entrées et non les sorties – Franz n'allait pas s'en plaindre –, et il regagna ses pénates un peu voûté et un peu zigzaguant, mais à part ça sans encombre.

Il avait passé la nuit et la matinée suivantes au lit, au-dessus d'un abîme qui tanguait, et sous un tas de formes étranges et floues qui se dessinaient sur la tapisserie élimée du plafond, se frottaient les unes aux autres, se pressaient de la gueule et entremêlaient leurs membres, avant de se séparer et de s'évanouir dans l'air confiné de la pièce. De temps en temps, ses pensées s'égaraient vers le magasin, vers ces cigares qui reposaient tranquillement dans leurs boîtes et dont certains se trouvaient être de la marque Hoyo de Monterrey, et il replongeait aussi sec la tête dans la bassine placée à son chevet, s'abandonnant au cours des choses. Vers midi, il se sentit un peu mieux et, à deux heures et demie de l'après-midi, il sortit enfin de son lit, les jambes encore un peu molles, et s'achemina à pied vers la Westbahnhof.

Environ trois quarts d'heure plus tard, il était sur le quai au milieu d'une cohue compacte, tout au fond, près de l'entrée du hall de gare, et regardait le professeur monter dans le train. La distance était trop grande pour distinguer ses yeux, mais il put voir sa mâchoire broyer l'air lorsque sa fille le poussa et le hissa presque sur le marchepied d'acier. Sa main gauche serrait la rampe, la droite maintenait son chapeau sur sa tête. À ce moment, il avait l'air si fluet, si léger, que Franz s'attendait presque à voir Anna le prendre dans ses bras et le porter à l'intérieur comme un enfant.

À 15 h 25 précises, conformément à l'horaire, le train partit, il prit rapidement de la vitesse et quitta la gare en direction de l'ouest. Franz ferma les yeux. Combien d'adieux peut supporter un être humain ? se demandait-il. Peut-être plus qu'on ne croit. Peut-être pas un seul. Rien que des adieux, où qu'on soit, où qu'on aille, on devrait être prévenu. Il eut envie de se laisser carrément tomber en avant et de rester allongé là, le visage contre le sol du quai. Un bagage abandonné, perdu, oublié, seulement entouré des trottinements de quelques pigeons curieux. Mais c'est n'importe quoi, se dit-il furieux en secouant la tête et en rouvrant les yeux. Il regarda une dernière fois les voies qui clignotaient dans la lumière du soleil. Puis il tourna les talons, retraversa le hall d'arrivée et sortit dans la clarté viennoise de l'après-midi. Le ciel était d'un bleu radieux, la pluie avait lavé l'asphalte, et les merles chantaient dans les buissons. Devant l'entrée de la gare se dressait le réverbère auquel Franz avait dû s'accrocher jadis à son arrivée à Vienne. Il y avait combien de temps de cela ? Un an ? La moitié d'une vie ? Une vie entière ? Il ne put s'empêcher de trouver comique ce drôle de garçon qui s'était en son temps cramponné à ce réverbère, avec cette odeur de résine dans les cheveux, ses chaussures toutes boueuses et quelques espoirs saugrenus dans la tête. Et soudain il réalisa que ce garçon n'existait plus. Il avait disparu. Balayé, emporté par le courant, dans le tourbillon de l'époque. Et tout ça était allé drôlement vite, se dit-il, peut-être même un peu trop vite, en somme. C'était presque comme s'il avait changé de peau avant l'heure, grandi trop vite. Comme s'il s'était pour ainsi dire dépouillé brutalement de son moi. Tout ce qu'il en restait était le souvenir d'une ombre mince sous un réverbère. Il respira à fond. La ville sentait l'été, les chevaux, le diesel et le goudron. Un tramway approchait sur le Gürtel en tintinnabulant. Un fanion avec la croix gammée voletait à l'une des fenêtres latérales. Il pensa à sa mère, qui était peut-être en train de pleurer sur un ponton chauffé par le soleil à cette heure et dont les larmes tombaient alors dans le clapotis chatoyant de la rive. Il pensa à Otto Tresniek, dont les béquilles restaient appuyées contre le mur dans un coin du magasin, inutiles. Et il pensa au professeur, qui devait avoir dépassé les limites de la ville depuis longtemps et filait déjà sans doute à travers les champs de patates de Basse-Autriche en direction de Londres. Peut-être pouvait-on émettre un petit signal par-ci par-là, avait dit le professeur, allumer une petite lueur dans l'obscurité, on ne pouvait pas faire plus. Mais pas moins non plus, se dit Franz, et il faillit éclater de rire. Le tramway passa à côté de lui en faisant tinter sa sonnette et tourna dans la Mariahilferstrasse. Le fanion à sa vitre avait l'air de danser.

« C'est quand même bizarre en fin de compte : plus les jours traînent en longueur et plus la vie paraît courte. C'est pas logique, mais c'est comme ça. Et je vous demande un peu, qu'est-ce que font les gens pour rallonger leur vie et raccourcir leurs journées ? Ils causent. Ils causent, ils bavardent, ils jacassent, ils papotent, pratiquement sans s'arrêter. Et même quand vous vous dites : ouf, ça y est, enfin un peu de calme, disons par exemple à l'église ou encore au cimetière – là, quand même ! –, y en a toujours un qui se remet à palabrer ! Je parie que ça continue au ciel ou sous terre : toujours un qui a le bec ouvert ! Mais une chose est sûre : les salades que les gens racontent à longueur de journée, la plupart du temps, y a rien à en tirer ! Parce que tout le monde cause, mais personne sait. Personne comprend. Personne a idée de rien. Personne est au courant de rien. Quoique, de nos jours, de toute manière, il vaut peut-être mieux pas être trop au courant. Pas être au courant, c'est quasi la consigne du jour, rien savoir, le refrain de l'époque. On peut toujours regarder, on a jamais rien vu. Ou écouter, on a rien entendu. On dit toujours : la vérité, c'est la vérité, point ! Eh bien, à mon avis, c'est pas comme que ça se passe ! Du moins chez nous, dans notre bonne ville de Vienne, y a autant de vérités que de fenêtres derrière lesquelles les gens ont vu ou entendu ou senti quelque chose ou prétendument toujours su. Et ce qui est juste pour les uns, c'est totalement idiot pour les autres et inversement. Et maintenant, donnez-moi un litre de lait s'il vous plaît, ou plutôt deux, parce qu'un tiens vaut mieux que deux tu l'auras ! La seule chose que pratiquement personne conteste dans cette affaire, c'est que ça s'est forcement passé la nuit dernière. Pour être précis, entre trois et quatre heures. C'est l'heure des rats. À cette heure, les politiques ont fini de hurler, les ivrognes sont dans leurs foyers et les laitiers pas encore sortis. À cette heure, les gens comme il faut sont dans leur lit. Ou derrière leurs vitres à guigner dans le noir. Mais, bien sûr, les opinions concordent pas vraiment. Les uns disent que c'était plutôt vers trois heures, les autres qu'il était pas loin de quatre heures, parce que le ciel était soi-disant gris argent au-dessus des toits. Gris argent, tu parles ! Il faisait noir comme dans un four, on voyait pas un bout de lune, les rues étaient vides, donc tout était propice à la racaille qui craint la lumière. Quoique, de nos jours, quand on dit racaille, c'est tout relatif. Qui peut aller voir dans la tête des gens ? Les intentions et les mobiles d'une cervelle humaine sont insondables en fin de compte, et ce qui était de la racaille hier, ça vous change de casquette aujourd'hui et vous fait quelqu'un de bien convenable en deux coups de cuiller à pot. Mais là, moi, j'ai rien dit, je vous demande bien pardon ! Tant que vous y êtes, donnez-moi aussi deux cents grammes de beurre et trois kilos de pommes de terre, mais que des petites farineuses qui font la bonne pâte à quenelles. Donc, ça s'est passé entre trois et quatre heures. Et il était seul. Une seule personne. Un homme pardi, une femme irait pas perdre une seconde à faire un truc aussi cinglé. Les uns disent qu'il était plutôt d'âge moyen. Les autres jurent leurs grands dieux qu'il fallait qu'il soit jeune pour être capable de courir aussi vite.

Paraît qu'il a détalé comme un lapin de la Morzinplatz et remonté la Berggasse à toute allure, quand tout a été fini. Un gars plein d'audace. Mais un peu fêlé aussi, si vous voulez mon avis. Là où y a de l'audace, y a de la dinguerie ! Un pur coup de chance qu'ils l'aient pas épinglé tout de suite. Une chance de fêlé ! Imaginez-vous : les gestapistes traînent à tous les coins de rue, devant chaque boutique, dans les parcs, les bistrots, à l'église même, où qu'on regarde y en a un toujours planté ou assis là – et à leur quartier général, ils ont oublié d'en mettre ! Quoique… ils ont pas complètement oublié. Y en a quand même une poignée qui a fini par rappliquer en courant. Mais ils se sont réveillés trop tard, il faisait jour, et le fanion, si on peut l'appeler comme ça, il était déjà hissé ! À propos d'oubli, vous auriez pas un petit fromage bien fait, un quargel ? Non, celui-là ne me dit rien, il ne sent pas. Un quargel qui ne sent pas, c'est pas un quargel. Vous pouvez le reprendre, emballez-moi deux bières et mettez le tout sur ma note, s'il vous plaît. Donc comme je vous disais : noir comme dans un four, pas une étoile, pas de lune, pas le moindre petit ruban de ciel argenté au-dessus de Vienne. C'est bien pour ça, et pour cause, que pas un des planqués aux fenêtres peut savoir comment l'affaire s'est déroulée exactement. Les gens, ils regardent par pure méchanceté. Mais comme la méchanceté, d'accord, ça rend curieux, mais aussi aveugle, ils voient jamais que ce qu'ils veulent voir ! Ce qui fait pas un pli en tout cas, c'est que, sans être embêté par la Gestapo ou par la mauvaise conscience, il a pu s'attaquer à un des trois grands mâts avec les étendards qui sont plantés devant l'hôtel Metropol. Vous les voyez, les trois bannières avec la croix gammée qui font de l'ombre à la moitié de la place, et un bruit d'enfer quand le vent vient de l'est. Il s'est pris celui du milieu. Il a juste coupé la corde, descendu la belle croix gammée de toute sa hauteur et l'a laissée tomber par terre dans la poussière. C'est là qu'on l'a retrouvée après, toute froissée, toute salie, dommage pour l'étoffe ! Soi-disant qu'il aurait alors tiré un paquet de sa chemise. D'autres prétendent qu'il y a jamais eu de paquet, et qu'il avait tout simplement le corps du délit sur lui, pas empaqueté. Si vous voulez mon avis, ce genre de détail, c'est des broutilles, finalement. La chose qui compte, c'est les faits, la réalité, et la réalité, c'est qu'il a coupé la corde, qu'il a balancé la croix de l'Adolf dans la saleté, et qu'à sa place il a fixé son truc à lui – empaqueté ou pas –, puis il a tiré sur la corde et il l'a hissé comme si c'était la bannière des saintes croisades. Après quoi il a filé. Comme l'éclair. Soi-disant qu'il aurait fait un grand salut vers le haut dans le ciel nocturne, pour moi c'est une rumeur, pour pas dire une affabulation d'une poignée de crâneurs planqués derrière leurs fenêtres ! En tout cas, il faisait déjà grand jour quand la

Gestapo est accourue ventre à terre, et donc la moitié de Vienne qui est toujours à se réjouir du malheur d'autrui en faisait déjà des gorges chaudes. Et il faut se figurer la tête des gestapistes ! Une sacrée déculottée pour eux, cette histoire ! Parce que, tout en haut, à la pointe du mat du milieu, bien éclairé par les premiers rayons du soleil, il y avait un pantalon de suspendu ! Un pantalon marron, à pinces, autant qu'on a pu voir d'en bas. Suspendu là-haut comme ça, un peu froissé, un peu déformé, mais impeccable sinon, en fait, un pantalon assez banal. Mais on sait bien que la banalité, c'est souvent traître. Et c'est pour ça que tout ce cirque a commencé en bas, au sol. Tout le monde se crêpait le chignon, tout le monde criait, et à force d'énervement, pendant un bon bout de temps personne n'a pensé à descendre le pantalon. Et quand y en a un qui a eu enfin l'idée de tirer sur la corde, il s'est passé quelque chose de vraiment pas banal. Juste à ce moment, je vous mens pas, le vent s'est levé. Un petit coup de brise, une petite bourrasque, un petit souffle, si vous voulez. En tout cas, ce petit coup de vent s'est tout à coup engouffré dans le pantalon et il l'a, comment dire, dressé. Imaginez un peu la tête des gestapistes, ils sont passés par toutes les expressions de la surprise imbécile – ou de l'imbécillité surprise –, c'est comme on veut. Parce que c'était pas un pantalon normal. C'était pratiquement une moitié. Un pantalon unijambiste, c'était ! La deuxième jambe était ficelée à peu près à la hauteur du genou. Donc, le vent s'est engouffré dans ce pantalon unijambiste juste au moment où on voulait le descendre. Et alors, devant tout le monde, il s'est déroulé un spectacle vraiment incroyable : le pantalon a flotté dans l'air comme ça, un moment, mais ensuite, tout à coup, il s'est immobilisé et il s'est couché quasiment à l'horizontale. Et, un instant, cette jambe de pantalon marron un peu froissée, un peu déformée, là-bas dans le ciel, a eu l'air d'un index. D'un index colossal qui indiquait un chemin aux gens. Savoir dans quelle direction il était pointé exactement, c'est de la pure spéculation. Mais en tout cas loin, si vous voulez mon avis, loin, très loin d'ici. Bon et maintenant, donnez-moi encore une tablette de chocolat, s'il vous plaît. Aux noisettes. Et je paierai la prochaine fois, si rien ne vous presse. Merci beaucoup, bien le bonjour et au revoir ! »

Toute la nuit, madame Huchel était restée éveillée dans l'obscurité la plus complète en fixant les intervalles entre les poutres du plafond. Déjà au cours de la soirée de la veille, une étrange sensation de nervosité l'avait envahie, une impression de malaise, de fébrilité. C'est peut-être déjà les bouffées de chaleur, s'était-elle dit, c'est peut-être ça qui commence. Elle s'était couchée tôt, mais, comme le sommeil ne venait pas, elle était restée dans son lit à scruter l'obscurité et à épier le silence. Le silence dans une cabane de pêcheur est différent du silence de la forêt, par exemple, se disait-elle. Ou du silence, l'hiver, au sommet du Schafberg. Ou du silence qu'on a parfois dans le cœur. Son histoire avec le fringant guide de montagne s'était vite avérée sans intérêt, une aventure sans lendemain, et, quelques jours auparavant, l'aubergiste avait recommencé à l'importuner. Dans la cuisine de l'auberge, il lui avait mis une main sur la nuque et avait insisté lourdement. Cette fois encore elle l'avait menacé de l'Obersturmbannführer Graleitner, mais il ne s'en était pas laissé conter. Pourquoi ce monsieur Graleitner ne s'était-il jamais montré à ce jour, avait-il demandé en lui passant lentement la main dans le dos. Sans répondre, elle avait sorti du tiroir le grand couteau de boucherie, et tranquillement, d'une seule incision, elle avait fendu le devant du tablier de l'aubergiste médusé. Là-dessus, le tablier s'était ouvert comme un rideau sale en découvrant ses hanches proéminentes. Après quoi elle avait planté le couteau dans le billot de bois et quitté les lieux. À présent, elle était au chômage, mais pas si malheureuse de l'être. L'air était brûlant, son corps était brûlant, et les heures se traînaient dans la cabane comme des ombres paresseuses. Quand la lune apparut dans la lucarne d'évacuation au-dessus de la cuisinière, emplissant la pièce d'une clarté blafarde, elle posa sa main droite sur son cœur et se mit à pleurer. Cela l'apaisa quelques minutes, mais l'inquiétude reprit le dessus et chassa ses dernières larmes. Dehors, un oiseau voletait dans les roseaux, il battit de l'aile durement sur l'eau et eut comme un rire d'enfant enroué. Par la petite fenêtre qui donnait sur le lac se devinaient les premières lueurs de l'aube. Elle se leva et sortit. Elle descendit au lac pieds nus. L'herbe était humide et fraîche. Des nuées de brume grise filaient au-dessus de la surface de l'eau, et, derrière, on distinguait au loin les contours de la rive. Elle resta là un bon moment, l'eau lui baignant les pieds, à regarder le lac s'emplir lentement de lumière. Un banc de jeunes ombles frétillait autour de ses chevilles, des cormorans planaient très haut dans le ciel au-dessus d'elle, et, de l'autre côté, les croix gammées émergeaient lentement de la brume. La mère de Franz entendait battre son cœur. Un petit frisson lui parcourut le dos, et, bien qu'il fît chaud, elle se mit à trembler. « Mon garçon, se dit-elle en fermant les yeux. Où es-tu mon garçon ? »

Quand Franz se réveilla, il ne put s'empêcher de rire. Un rire bref, lancé contre le plafond de la pièce, mais il lui sembla qu'il allait éclater là-haut et perler sur le papier peint usagé en se dispersant dans toutes les directions. Il cligna des yeux et se frotta les paupières. La nuit avait été courte. Presque trop courte pour rêver. Mais quelques lambeaux de rêve s'étaient pourtant égarés dans son sommeil et luisaient encore faiblement tout au fond de lui. Vite, il prit une feuille, un crayon, et les nota, griffonnant hâtivement les mots. Il se leva, s'habilla et sortit dans la rue avec la feuille et un rouleau de papier collant. Le jour s'était levé, radieux, la Währingerstrasse baignait dans la chaude lumière du soleil matinal, et les premiers passants s'acheminaient vers le centre-ville en poussant de longues ombres devant eux. Franz se haussa sur la pointe des pieds, s'étira et bâilla. Comme toujours, il s'était réveillé pour l'heure d'ouverture du magasin. Un vrai buraliste n'a pas besoin de réveil, lui avait dit Otto Tresniek un jour, et il avait eu raison. Franz entreprit de coller la feuille sur la vitrine. Un rêve nouveau, une journée nouvelle, pensa-t-il, et il faut nettoyer les vitres une fois de plus. Derrière lui, il entendit gargouiller un moteur diesel dont le bruit amplifiait. Une voiture sombre d'un vieux modèle qui venait de l'église votive s'approcha et stoppa devant le tabac. Trois hommes en sortirent, dont le fonctionnaire à la figure chagrine.

« Nous avons déjà eu le plaisir… dit-il. Faut-il nous présenter ? » Franz secoua la tête. Le chagriné tira un étui à cigarettes de la poche de son manteau, en extirpa un mince cigarillo, l'alluma et regarda Franz arracher un morceau de papier collant avec les dents et fixer soigneusement la feuille sur la vitrine. Du capot de la voiture provenait un cliquetis métallique. « Bon, dit un des hommes avec tristesse en essuyant la tôle de la main. Il est temps. » Le chagriné lui lança un regard mauvais, et l'homme se tint coi. Derrière eux, une femme juchée sur une lourde bicyclette avançait cahin-caha sur le pavé et sifflait doucement entre ses dents à chaque coup de pédale. De l'autre côté de la rue, une fenêtre s'ouvrit, une main coiffée d'une paire de ciseaux parut et décapita un géranium. La tête de la fleur chuta sur le rebord de la fenêtre, et de là sur le trottoir, où elle forma une tache brillante. Le chagriné soupira, laissa tomber son cigarillo sur le trottoir et l'écrasa. « Dire que maintenant les journées se traînent depuis l'aube, fit-il en hochant la tête d'un air las. Après vous, je vous prie.

— Un instant encore », le pria Franz. Il se pencha vers la feuille et colla dessus une seconde bande, méticuleusement.

« Ça n'a plus de sens, tout ça, maintenant, p'tit gars ! dit le chagriné.

— Ce qui a du sens ou pas, c'est l'avenir qui le dira, rétorqua Franz. Qui plus est, je m'appelle Franz. Franz Huchel de Nussdorf-sur-lac !

— En ce qui me concerne, tu pourrais aussi bien t'appeler Franz des monts du Tyrol, dit aimablement le chagriné, ou d'un patelin de Styrie ou être n'importe qui de n'importe où. Nous, on ne fait pas de différence. À l'hôtel Metropol, les clients sont tous égaux. Alors, on y va maintenant, ou il faut que je m'énerve ? »

Franz arracha deux dernières bandes du rouleau et les colla en travers de la feuille. Il posa la paume dessus et ferma les yeux. La feuille était chaude, c'était comme si la vitre respirait en dessous, se soulevait et s'abaissait imperceptiblement sous sa paume. Quand il rouvrit les yeux, il vit que ses doigts tremblaient.

« Il faut encore que je ferme, dit-il. Qui sait ce qui peut arriver. » Il ferma la porte et donna un triple tour de clé. En allant à la voiture entre les hommes, il crut encore entendre les clochettes du carillon tinter doucement. C'est n'importe quoi, se dit-il, et il monta dans la voiture.

Presque sept ans après, le matin du 12 mars 1945, un silence étrange régnait sur la ville. La nuit s'était dissipée comme de la fumée, laissant la place à un demi-jour morne. On avait annoncé de l'orage à la radio, le vent faisait tourbillonner la poussière dans les rues et voleter des feuilles de journaux éparses. Depuis quelques jours couraient les rumeurs de nouvelles attaques aériennes, tout le monde en parlait, mais personne n'avait d'information exacte. Ceux qui n'étaient pas absolument obligés de sortir restaient chez eux ou passaient leur temps dans les abris ou dans les caves. La nuit, quelques lueurs diffuses filtraient des lucarnes dans les rues sans éclairage, et quand on se baissait pour regarder à travers les vitres opaques, on voyait vaciller les figures des gens qui jouaient aux cartes en silence, groupés autour de quelques bougies. La Währingerstrasse était presque déserte. Une vieille dame assise sur un banc jetait des miettes de pain aux pigeons qui trottinaient tout excités à ses pieds. Les pigeons étaient les seuls oiseaux qu'on voyait encore dans les parcs et dans les rues. Depuis l'automne précédent, tous les autres avaient disparu. Un matin à l'aube, comme s'ils répondaient à un mot d'ordre secret, ils s'étaient rassemblés en d'immenses nuées et avaient quitté la ville en direction de l'ouest. La vieille dame poussa un cri d'effroi lorsqu'une des bêtes faillit atterrir sur ses genoux en battant des ailes. Elle fourra le petit sac avec les restes de miettes dans la poche de son manteau, se secoua et gagna en boitillant et en rouspétant tout bas le porche de la maison la plus proche. Une jeune femme arrivait du Gürtel d'un pas rapide. Elle avait la tête baissée et les mains enfouies dans une veste d'homme beaucoup trop grande, qui pendait comme un sac sur ses épaules et lui descendait au-dessus du genou. Quand elle ouvrit la bouche pour siffler et disperser les pigeons qui se disputaient les dernières miettes, elle découvrit de petites dents blanches, brillantes comme des perles, avec un écart étonnant entre celles du milieu.

Anezka traversa la rue et s'arrêta. Un convoi de charbon venait à sa rencontre. À l'avant, deux Haflinger lançaient des jets de vapeur par les naseaux, sur le siège du cocher était assis le charbonnier. Ses yeux chassieux, deux taches claires dans son visage noirci, fixaient avec lassitude un point lointain, par-dessus la tête des chevaux. La voiture la doubla en martelant bruyamment le pavé, elle la suivit des yeux jusqu'à ce qu'elle bifurque et disparaisse dans la Boltzmanngasse. Anezka passa devant le magasin de sanitaires Veithammer et, quelques pas plus loin, se retrouva devant la vitrine de l'ancien tabac Tresniek. Sur l'encadrement de la porte d'entrée, la peinture s'écaillait, et la vitrine était couverte d'une fine couche de poussière. Anezka appuya son front contre la vitre et regarda à l'intérieur. Le magasin était vide à l'exception du vieux comptoir, des étagères et du tabouret, qui gisait au milieu de la pièce, les pieds en l'air, tel un animal mort. La porte qui donnait sur l'arrière était entrouverte ; derrière, tout était obscur. Anezka posa ses mains et sa joue contre la vitre et ferma les yeux. Un bref instant, elle eut l'impression que la vitrine, la pièce, le sol, l'air se mettaient à vibrer. Elle souffla contre la vitre et traça deux lignes lentement de l'index à travers la surface embuée. Alors qu'elle se retournait pour partir, elle aperçut la feuille à côté de la porte. En fait, ce n'était plus qu'un lambeau de papier jauni par le soleil, presque noir sur les bords. Il manquait la moitié inférieure, elle avait été arrachée ou s'était simplement détachée au fil des ans. Le reste n'avait tenu que parce qu'il était recouvert de plusieurs bandes de papier collant qui le barraient dans tous les sens. Anezka reconnut l'écriture sans l'avoir jamais vue auparavant.

Elle était pâlie et à peine lisible sous la couche de poussière, les lettres étaient petites et tremblées, comme griffonnées par une main d'enfant. Elle se pencha tout près et lut :

7 juin 1938

Le lac aussi a connu des jours meilleurs, les géraniums brillent dans la nuit, mais c'est un feu, et de toute manière on continue à danser, la lumière par

La déchirure passait au milieu du dernier mot. Anezka prit une profonde inspiration, détacha le papier collant avec précaution, plia la feuille et la fourra dans la poche de son manteau. Elle jeta un dernier coup d'œil à l'intérieur du tabac, mais il n'y avait rien. Elle donna un petit coup à la vitre du bout des doigts et partit. Quand elle arriva devant l'ancienne boucherie Rosshuber, elle eut encore l'impression que l'air vibrait autour d'elle. Mais, cette fois, ce n'était pas une illusion, et quand elle hâta le pas à la hauteur de l'église votive, puis se mit à courir le plus vite possible, le ciel était déjà saturé du bruit des moteurs des bombardiers alliés, qui enflait rapidement ; les escadrons s'approchaient telle une énorme nuée sombre venue de l'ouest, couvrant d'ombre la ville.

DU MÊME AUTEUR

Chez Sabine Wespieser éditeur

LE TABAC TRESNIEK, 2014 (Folio n° 6079)

UNE VIE ENTIÈRE, 2015

Composition IGS-CP à L'Isle-d'Espagnac (16)
Impression Maury Imprimeur
45330 Malesherbes
le 18 juillet 2016.
Dépôt légal : juillet 2016.
Numéro d'imprimeur : 211074.

ISBN 978-2-07-046420-3. / Imprimé en France.

309674